老大，再见！

GOODBYE, TEACHER!

韩梦泽 著

天津出版传媒集团
百花文艺出版社

图书在版编目（CIP）数据

老大，再见！/韩梦泽著.--天津：百花文艺出版社，2015.1（2019.4 重印）
ISBN 978-7-5306-6476-6

Ⅰ.①老… Ⅱ.①韩… Ⅲ.①长篇小说-中国-当代 Ⅳ.①I247.5

中国版本图书馆 CIP 数据核字(2014)第 157681 号

老大，再见！
LAODA，ZAIJIAN！
韩梦泽著

选题策划：韩新枝　**责任编辑**：韩新枝
美术编辑：郭亚红　**封面设计**：单筱秋
插图绘者：柳绪蕊　**责任校对**：曾玺静
出版发行：百花文艺出版社
地址：天津市和平区西康路 35 号　**邮编**：300051
电话传真：+86-22-23332651（发行部）
+86-22-23332656（总编室）
+86-22-23332478（邮购部）
主页：http://www.baihuawenyi.com
印刷：北京印匠彩色印刷有限公司
开本：787×1092 毫米　1/32
字数：121 千字　**插页**：6
印张：9.5
版次：2015 年 1 月第 1 版
印次：2019 年 4 月第 2 次印刷
定价：33.00元

如有印装质量问题，请与北京印匠彩色印刷有限公司联系调换
地址：北京市顺义区高丽营镇
电话：(010)69491689　邮编：101399

1

因为朴修田越来越老，耳音越来越背，所以秦敏的嗓门也越来越洪亮，后来以至于不仅对公公朴修田一个人，推广到除了单位领导的所有人身上，于是朴宏远每次接她电话的时候，都不必开手机的免提就能实现远距离收听。

作为丈夫，朴宏远真没什么可值得批判和表彰的，貌不惊人言不压众，喝酒不多抽烟不少，不打牌不网恋，几乎没去过高档娱乐场所，在惠林中学高中部教了九年的政治课，至今都没拿下硕士学位，仅仅在去年获得过人生中唯一的一次荣誉——区优秀教师及先进工作者，同获此殊荣的还有好几十人，颁奖合影时被挤在最边上，还被照虚了，也算露个脸。总之，普普通通一老百姓。

作为妻子，秦敏基本符合“世界上没有高兴的老婆”这一箴言的描述，一个月工资两千出头肯定不够花，以前是逛街现在是逛网，网购便宜嘛，可是时间长了蓦然发现便宜才是最大的陷阱，因为架不住不停地购啊，寅吃卯粮，这个月的工资肯定是偿还上个月的透支卡了，用丈夫的话说，她这就是替银行打工帮快递公司致富。除了网购这点儿快慰之外，秦敏的生活完全枯燥不堪，家里那个耳音不好又喜欢聊天的公公就不提了，女儿丁丁刚上幼儿园大班，经常因为被小男孩辱骂长得丑而心碎，一天到晚的要新衣服。秦敏的工作就是幼教，女儿也被安排在自己班上，以前认为是方便照顾孩子，现在发现麻烦真叫一个多。丈夫工资不到三千，没啥外快，瘦不拉叽的老实犊子一个还特爱装深沉，没事就拧眉立目在家窝着看些传记、心理学之类的本不该他看的书，性能力不强，还老爱吃肉，一顿吃不上肉，情绪就低落，然后就是长吁短叹地说一堆废话。秦敏已经给自己的人生下了批注：活着没劲，死了太屈，苟且偷生，白来一世。

秦敏晚上把孩子伺候睡了之后，上网交了两人的手机费，又参与了一次彩票合买，随后，郑重地寻找自己的一家之主。

朴宏远骑着小马扎正猫在厨房里抽烟看书，眼皮一撩，面前出现一双崭新的红色泡沫拖鞋，就象征性地抬起脸来看，却发现老婆一本正经地注视着自己。

秦敏略加思索便说："我想和你谈谈。"

朴宏远摆出好奇的神色示意对方说下去。

秦敏继续保持严肃说道："咱们这个家再这样下去，肯定是不行的了。"

朴宏远掐灭烟合上书，把视线汇集起来。

秦敏翻起白眼，似乎在寻找合适的词汇："哎你别紧张啊，怎么说呢，我这次是很认真地想和你交流，开诚布公各抒己见，为了咱们这个家和咱们所有人的未来，我们有必要好好商量一下以后了。"

朴宏远脑子里瞬间划过两个字——离婚，又觉得不大可能，但听秦敏那口气，很有点儿大义灭亲的劲头，也不能心存侥幸，完全没有预兆就身患癌症的人其实也不少嘛。

秦敏通常在开始一段非正式的谈话之前，都要展开一段正规的引文，主要是为了提起对方的足够重视，于是往往显得措辞凌乱。她说："这或许是，哦不！应该是关乎家庭生死存亡的大事啊,意义深远,所以我一定要和你谈清楚。”

朴宏远几乎不抱任何希望了，他感觉这女人今天要来真的。

面对诚惶诚恐的丈夫，秦敏感觉谈话的火候已然来临:“你清楚咱俩每月的收入是多少吗？”

朴宏远终于开始了自己的说话:“五千吧。”

秦敏纠正道:“五千一。”

朴宏远自责地哦了一声，为自己如此不清楚家庭财政而惭愧,可又觉得没啥好惭愧的。

接下来的五分钟，秦敏用连绵不绝的动词名词加数字,罗列了家庭每月的财务收支情况,当中还穿插了不少供讲话人提神儿的设问句。朴宏远皆连连颔首,并最终获得机会提问:“你到底想说啥？”

秦敏正色道:“怎么才能多挣点儿钱，是摆在眼下家庭问题上的当务之急重中之重，你有没有什么建设性的意见？”

朴宏远有点儿泄气,可又不想让对方同样失望,于是郑重道:“嗯！让我好好想想。”

秦敏不喜欢被搪塞，提高了一个音阶说:“你现在就想！务实地想！”

朴宏远盯住对方的拖鞋讲:“是要务实的，我认为我们不单要想开源,还要在节流上下心思,哎你这双拖鞋不错。”

秦敏用脚展示了一下拖鞋说:“特便宜!才九块九,还包邮!你要不要也来一双?虽然都是女式的,但你脚也不大……”

朴宏远打断道:“我不要我不要，我这双都能穿到退休呢。”说着,把鞋从一只脚上取下,注目观看,好像很有感情。

秦敏咂摸出丈夫话里的味道，迅速不满道:“好你个朴宏远啊!开始指责我买日用品了!我买怎么了?我以前那双都开了帮了一天到晚趿拉着走，真成趿拉板儿了!再说还不到十块钱,你就开始拿我做文章了!按理说你们男人才是要去开源的,我们女人负责节流,你说是不是?”

朴宏远低头继续说:“哎你该剪趾甲了,脚指甲。”

秦敏断喝:“朴宏远!不要转移话题好不好?!”

朴宏远瞪大了眼,朝厨房门外看。

秦敏赶紧把门关上,语音凝重道:“按理说,男人开源,女人节流,你说我说的到底对不对啊?”

朴宏远反问:“按理?按什么理?”

秦敏答："按常理，人之常情，人间真理。"

朴宏远微笑道："在我们这个家还有常理？一家四口你最大，我们三个你挨个儿训，钱全归你管归你花，你还要怎么样？按常理说，咱们的日子也不该过得这么紧巴，像咱们这种条件的家庭还是挺多的，对吧？我承认我开源工作确实搞得一般，可你的节流任务也马马虎虎嘛！就好比上次你非要网购个电子秤，还逼着我们三个天天饭前饭后去称体重，其实咱们家以前那个体重仪还能用呢，全家又不出个胖子，这不是无序消费吗？再者说时代不同了，开源不该都是男人的事，节流也要大家共同努力奋斗，咱们要一起开源一起节流，这样才能共创美好明天嘛，按理说你也是受过教育的人，不该抱着老观念行使新权利，不该怨天尤人却不从自身找原因，更不该这么说这么想，对吧？"

面对朴宏远摆事实讲道理的侃侃攻势，秦敏不屑地挥挥手："我不是来和你斗嘴的，斗嘴你厉害，我是来找你认真谈话的！你还让人说话不？"

朴宏远点头："那好，那你就谈，畅所欲言。"

秦敏按部就班地说："其实我已经有了初步的打算，从明天开始，咱俩分头出击，能多挣一百是一百，别不好意思，现在的社会就这样，谁有钱谁是爷，是吧？我算想开了,为啥不收家长送的礼?为啥装傻拒绝人家送来的购物卡?人家可是真心真意好心好意送的,我只要对他们孩子好一点儿照顾一点儿,不就皆大欢喜了吗?多简单的事啊这是!以前咱俩装清高可不行了,清高给谁看啊?你说是吧?还有,你们学校里挣钱一点儿都不难,你身边那么多同事不都开了补习班了吗?几千几千的往家拿,合情合理又合法,你难道就不眼红啊?”

“我眼红啊,我怎么不眼红啊!”朴宏远用力点头,心里却说:我不眼红啊。

2

铃声落地,朴宏远刚走出教室,就被人喊去教务处。教务处在操场的另一端,朴宏远穿过操场的时候,发现有两个女生正叼着烟嘻嘻哈哈地闹,看姿势,抽烟技法已日臻纯熟。俩女生瞅见朴宏远,便客气地把烟藏到背后,眼睛扫着他,那意思就等他赶紧通过。朴宏远就赶紧通过。

办公室的门开着,教务主任神龛一样正襟危坐在里面,不抬眉毛地想心事。朴宏远就找到门敲了敲,同时说:“申主任你找我?”

申主任像被激活了，浑身痉挛了一下并立刻抬起眼皮，热情地招呼道："宏远啊来来来，就找你呢！"

朴宏远规矩地坐下，开始预测接下来的谈话内容。

申主任说："宏远啊咱们省点事儿，就长话短说吧，魏老师调走了，你知道吧？"

朴宏远知道是谁，可为了保险起见还是询问道："是哪个魏老师啊？"

申主任笑："还有哪个啊，'胃必治'魏老师呗！"

朴宏远也笑，笑完了问："他为啥调走啊，调哪儿去了啊？"

申主任眉头骤紧又骤松，似乎颇为不满但又用很能理解的样子说："人各有志嘛，人往高处走嘛，胃必治去了市一中，据说要接手那个啥尖子班。"

朴宏远说："一中尖子班我也早听说过，里面都是全市中考的牛叉学生啊！"

申主任点头："当然牛叉了，不出所料的话，明年高考的时候这个班肯定出状元的，一中的校长也是费了心思了，居然还把咱们的胃必治给挖过去，这是想要放颗大卫星啊！"

朴宏远连连点头，感慨，感慨完了暗想：难道要我去接胃必治的班？

申主任起身给自己茶杯添水，同时问："你喝水不？不喝？哦，宏远啊，你想不想接这个11班？咱有什么说什么，我想先征求下你的意见。"

朴宏远赶紧说："主任，我可从没当过班主任啊，我怕干不好，影响了升学率那可就砸了。"

申主任摆手："不至于不至于，谁不是都有个第一次？再说了，估计你也清楚11班的一些情况，也不是传说的那么糟糕嘛！当初没让胃必治带1班，他就老大不痛快，其实咱们孙校也有自己的想法，那就是想让胃必治放个卫星，把11班这个二流班搞一搞，就当试验田了，万一能小获丰收呢？咱惠林中学明年大考不也提高点儿百分比啊！好老师就该去带破班，宏远啊你说对吧？"

申主任一口一个"宏远啊"地叫着，让朴宏远感受到一种危险般的亲切，他已经懂了，11班这块试验田准备丢给自己这个小白鼠了。

见对方犹豫，申主任接着鼓动说："你不要有什么压力啊，任何压力都不要有！咱们不妨说开了，带得好带不好，最后都不怪你，更没人追究你责任，本来也没当重点班扶持嘛，宏远啊你就死马当活马医吧，怎么样？"

朴宏远有点儿小绝望，自己教书生涯中第一次当班主任就摊上个二流二手班，而且被定性为“死马”，即便最终没人嘲笑他，可也总觉得不是滋味。不过他马上就想起了昨晚秦敏的教诲，多挣一百是一百啊。当班主任责任是大些，可待遇也提高了些嘛。

看朴宏远略微点头，申主任放声大笑，表示自己十分成功，大笑完了立刻说：“那好！那就先这么定了，我汇报给孙校王校，都没意见的话，你下周就走马上任了。”

朴宏远没给 11 班代过课，但也颇有耳闻，这个班从高一到现在没得过任何奖励，没拿过一回集体荣誉，上课的时候曾经把一生物老师打得抱头鼠窜，让一英语老师骂出过美式脏话，多次查寝中，不是发现烟酒就是发现黄色画报，男生宿舍里搜到过望远镜(对面是女生楼)，女生宿舍抓到过夜不归宿的，还有，这个班里的几号人物也是享誉全校的，富二代官二代都有，王校长外甥也在里面，说一不二，牛得不行啊。朴宏远起身，有些不安地问：“主任，学校对 11 班未来的升学率有个什么预期呢？我想听听，要不心里真不踏实啊。”

申主任马上严肃起来，想了一下回答：“宏远啊你看，咱们一共十五个毕业班，除去一个体育班一个艺术班，你能保证这个11班不拖后腿就行了，具体来说吧，就是别当第十三名，最好能确保两成的学生过本三线就可以了，怎么样，难度不大吧？”

朴宏远并没感觉到丝毫的轻松，不过还是点点头。临出门的时候，又被叫住。

申主任故作神秘道：“宏远啊，我还有一个好消息要告诉你，能让你更踏实点儿。”

朴宏远眼巴巴瞅着对方，几乎不敢相信还有什么可以称之为“好消息”的事儿了。

申主任靠前一步，近乎耳语般说道：“胃必治走之前，曾经去附近县中挖过一个学生来，好像是叫刘小彤的，县里的状元啊那是！家里穷死，咱们学校开的价也不高就同意过来了，为了防止把他再挖到一中去，孙校曾经找胃必治谈过话，私下定妥了，要不然也不会这么痛快就放他走人，这个刘小彤啊下周就过来了，就撂在你们11班了，有这么一员大将压阵，你还怕啥？万一明年他给你考个全市状元出来，你不就成了母以子贵黄袍加身啦？”

朴宏远就追问：“真能放到11班来啊？不会来了之后又给了1班吧？”

申主任连连摆手，并信誓旦旦：“不会不会！这都是说死的事了，我说话绝对算数，人肯定给你！何况1班现在都62个学生了，再塞人进去就得跟老师拼一个桌子了，没地方坐了嘛，这也是实情。再说，像刘小彤这样的尖子生，摆在啥样的班里都不会耽误了，没准儿还能带动几个好强的学生呢，真把他请进1班里去，也没啥特别的意义了啊！”

从申主任嘴里，这个刘小彤就像一尊被镀了金的佛像，搁在哪里都闪光啊。朴宏远想，别看是孩子，仅仅十七八的岁数，就都已经有了身价，同比，自己的身价似乎不够乐观。

申主任该说的都说了，就准备送客："宏远啊，咱老校长身子骨还硬朗吧？”

朴修田是惠林中学的创办人之一，第二任校长，也曾是大大有名的人，现在退休多年了，学校里只有领导班子的人似乎还记得他。不过这种“记得”和祭祖的牌位差不多，并无实效。朴宏远赶紧肃穆地点头："硬朗硬朗，都挺好的，就是有点儿耳背了。”

申主任很宽慰地说："那就好那就好，耳背？耳背正常啊，老了嘛！啊哈！”

客套了两句，朴宏远就出来了，边走边想，自己的父亲在别人嘴里和一只马戏团老掉牙的黑猩猩差不多了，可怜他当年那么上蹿下跳勇敢地钻火圈。

3

上午已经没自己的课了，朴宏远也无心回家，穿过空荡荡的操场做了一番干巴巴的思想斗争。不就一年嘛，万一还算顺利的话，明年下半年不就有资格接手一个簇新锃亮的高一新生班了嘛，大展鸿图之前也得牛刀小试不是？试验田就试验田吧，小白鼠就小白鼠吧，这或许就是自己迈向一个新生活的开始。再者说，虽然没立军令状，可也算是答应申主任了，这要是再跑回去反悔，显得无能了，索性硬着头皮往上顶吧，顶到明年五月春暖花开、六月鸟兽散，也算功德圆满了。

他就掏出手机打给秦敏，汇报新情况。秦敏听罢非常澎湃，伴随着一片幼童的啼哭声，她朗声大笑说："加油啊老公！晚上给你炖肉吃！"

这算是很大的支持和安慰了，朴宏远感觉脚步顿时轻快许多，辨识了一下方向就直奔教师办公室而去。

刚到楼下，斜侧里闪出一个女生，朝他招手："哎——朴老师！"

朴宏远止住脚步，不认识。

这女生长得挺拔白净眼睛会笑，没穿校服，双肩背的书包松垮垮地挂在胸前，看似很多余。她勾动一根食指说：“朴老师，您能过来一下吗，我是11班的。”

朴宏远听说是11班的，就本能地凑过去，跟随着来到一个僻静的拐角处。

女生站定，撩了一把鬓边的头发，有些矜持地说：“朴老师，我想跟您请个假，我最近身体不太舒服，想去亲戚家住几天，好了就马上回来。”

朴宏远不由自主地点头，忽然想起了什么就问：“你怎么和我请假啊？”

女生笑眯眯说：“您不是马上就要当我们班主任了嘛，我都找您一上午了。”

朴宏远苦笑道：“你们的消息比我还灵通啊，对了你叫什么名字？”

女生扯开书包拉链，从里面掏出一个红皮本递给朴宏远，边翻找笔边憋住笑回答：“莫晓晓。”

朴宏远“哦”着接过本子，这是惠林中学的学生外出签字本，他随手翻了翻，发现这个女孩的请假记录还挺多，都是胃必治签名的狂草。朴宏远接过笔问：“你要请假几天啊？”

莫晓晓翻翻白眼，用食指抠着嘴角说：“得个三四天吧,差不多吧。”

朴宏远又哦了一声就签了字，然后认真起来问：“你为啥要住亲戚家呢？你为啥不回自己家？”

莫晓晓迅速接过本子和笔,胡乱塞进包里,懒洋洋地回答:“回头我再跟您说吧,这个嘛,有点儿复杂。”

看女孩要走,朴宏远又追问:“你怎么不舒服了啊？要不要去医院看看？”

“我大姨妈来啦,痛经啊!”莫晓晓刷地拉上书包拉链,就撒腿跑了。

朴宏远哭笑不得,转出拐角走进教学楼,边上楼梯边想,现在的孩子们啊真是啥都不避讳了,不过,这个莫晓晓的名字怎么感觉这么耳熟呢？

今天是周五,教师办公室里就两人,一个是 15 班的班主任吴则刚,另一个是他班上的学生,那学生貌似是个班干部,正在低声汇报着什么。吴则刚见朴宏远走进来,迟疑地打个招呼,就让那学生干部出去了。

朴宏远找到胃必治的办公桌，这张办公桌摆放在靠窗的地方,风景通透,采光自然,属于整间屋子里最好的位置。桌面很干净,但除了一小盆文竹已经空无一物了。朴宏远忽然涌起一股子神圣感来,他迟缓地拉出椅子，谨慎地坐上去，双肘平放案头，目视前方，有一种接管一个国家的感觉。

吴则刚见朴宏远坐在胃必治的椅子上，就明白了，哈哈笑着说："我还以为谁会来，没想到就是你啊！以后可有你受的了，这个11班啊每次给他们代课我都脑袋大！用个时尚词儿，那可是一个神班！"

朴宏远不知道怎么接茬儿才好，干脆惨然一笑。

吴则刚又说："以后有啥特殊情况咱们就及时沟通吧，怎么说我也多当过几年的班主任，有些专门修理那些差生的手段还是用得上的。"

朴宏远赶紧致谢："吴老师，我确实没经验啊，以后少不了求教你。"

吴则刚又闲扯了几句，多数是指责胃必治丢下自己的毕业班不管图个人发展，是多么多么的差劲和不负责之类的话。不过在朴宏远听来，倒是饱含酸溜溜的味道多些。吴则刚看对方也不击掌附和自己的言论，就以为是朴宏远还没从接手破班的事儿上回过神来，战友般地走过来拍了他肩膀一下，才长吁短叹地去了。

这下清静了，朴宏远平复了一下心绪，很正式地拉开前任的抽屉，发现11班的全体学生材料都在里面，且非常规整，看来胃必治走之前还是很负责地做了些交接工作的。朴宏远取出厚厚的这叠材料,打算花点儿时间初步认识一下自己的学生,不料,在抽屉最下面还压着一封信,信封上用正楷硬笔书法写着:请十一班新任班主任拆阅。

莫晓晓给门卫出示了外出签字本后,疾步走出校门,左右张望了一下便掏出手机,还没按几个键,就有一辆越野车飞驰过来,在她身边刹住,莫晓晓就笑眯眯地飞快跳上车,扬长而去。

这一幕被一个开车来探望孩子的家长看到,不禁浮想联翩。

这名家长是来给孩子送零食和衣物的,拎着大包小包进了学校,发现是授课时间,宿舍楼不开,想了想就找到教师办公室来。

“……部分学生还是很有潜质的,比如章之林、关宥荷、王聪、谢国萍、李少谦等,都属于是需要不时地鼓励督促型的,有上进心,但也容易贪玩下滑,这些学生的家庭情况也比较接近,条件不错,父母关系也正常。”朴宏远正读到这儿,就听门口有人轻轻咳嗽了一声,抬眼看,应该是位家长。

那家长很客气地问:“请问高二11班的班主任今

天在吗？”

朴宏远赶紧站起来：“啊，我就是，您是？”

家长连忙绽放起笑容，走过来抛下大包小包和朴宏远握手：“您好您好！”

朴宏远拉了把椅子请他坐下，再问：“您是？”

家长满面春风地说：“啊，我姓关，关宥荷的父亲。”

朴宏远急忙哦哦。

家长递烟点火：“来来，知道您抽烟——啊，我不抽我不抽，我一直学不会这个！哈，要不我也陪您抽一个，怎么样，关宥荷最近表现怎么样？”

朴宏远就说：“挺好的，这孩子有上进心，也要强，不过也挺贪玩的，是属于那种需要经常鼓励和督促型的。”

家长激动地连连点头：“您说的太对了！您真是太了解我的孩子了！她在家也这样啊！”

朴宏远有点儿不好意思了，看这家长的样子应该是给孩子送东西来的，也就顺便找老师坐坐，本想打发过去，拿胃必治那些现成话凑数，结果还引发共鸣了哎。朴宏远就只好微笑。

家长也微笑着说：“一直没机会和您坐坐，今天真是太巧了，您一个人在这儿居然也让我给碰上了，咱这可算缘分了！对了，魏老师您那房子住得怎么样？还过得去吧？”

朴宏远诧异道：“什么房子啊？”

家长略一停顿便鼓起勇气说：“就是，就是去年，去年您买了新房，不是我给您找人装修的嘛，我嘛也没啥本事和关系，恰好和一个装修公司有点儿业务往来，就算顺便的事了，也不知道装修的活儿干得怎么样，合不合您的心思，哈哈！后来一直也没去府上拜访，主要是工作忙，总脱不开身，知道您也忙，魏老师您看今天中午咱们……”

朴宏远不能背起这个大锅，赶紧叫停：“您等等！您可能是搞错了，我不姓魏，我姓朴，魏老师刚刚调走，我也是刚刚接手这个班啊。”

关宥荷的父亲被烟呛了一口，懵住了，满面春风瞬间刮了过去，隐约还有点儿铁青，不过仅仅就在半秒钟之后，另一股春风袭来：“啊哈哈！您看看我这是，唉这是！也没搞清楚就乱说一气，您可别介意啊！对了，您怎么称呼来着？”

朴宏远微笑：“我姓朴，是教政治的，接替魏老师的11班，这也是我带的第一个毕业班。”

家长显然明白了朴宏远的暗示，这就是说，过去那个魏老师已经永远地消失,和尚跑了,装修好的庙也跑了,而眼前这个朴老师是讲政治的,是严肃认真的,是要带着自己孩子参加高考的。明白了这样一层道理,关宥荷的父亲略一沉吟,蹩脚地掐灭香烟,就拿起自己的挎包在里面翻找着什么,嘴上同时说:“那以后还得请朴老师您能多照顾下孩子了啊。”

朴宏远摆手:“照顾谈不上,全班58名同学呢,不可能都照顾得到啊。”

家长两只手还在包里翻腾:“是是是!您说的对,谈不上照顾,我的意思没表达清楚啊,其实就是希望朴老师您能多批评教育关宥荷,该骂就骂该打就打,严师出高徒嘛,过了暑假就剩下最后一年了,不能再让她贪玩了啊。”

朴宏远有心结束这次谈话了,他理解家长们的心思,完全理解,毕竟自己的孩子都被托管在这儿,一周才见一次面,不靠学校不靠老师还能靠谁呢?他于是看了下手表,公事公办地说:“这是我们应该做的,今天您是过来看孩子的吧?他们马上就要下课了。”

家长一听就连忙起身告辞,握手的时候忽然从包里抻出一个信封,塞给朴宏远,连连说:“您别和我客气,您真别和我客气!再见啊朴老师!”

送走了疾驰而去的家长,朴宏远才反应过来,紧张地打开那个信封,发现里面是十张红色的钞票。

4

林思源驾驶着一辆野马跑车在路口等红灯，这个红灯时间很长，他就拿出手机上 QQ。11 班有个聊天群,叫“11 班胡说八道神人群”,林思源是群主,里面还有 51 名同学。班里另外六个同学中,有两个人没手机,四个是胃必治的嫡系班干部,所以都被排除在外。

林思源的父亲是有名的仓储货运商，本地三分之一的物流产业都是他的，据说还在山西合股开了个煤矿,家资逼近十亿。林思源作为独子,十八岁就拥有了自己名下的公司“思源快递”,做起了无需创业又不必操心的甩手掌柜。其母是惠林区民政局干部,官不大,可是社会关系相当广博,林思源刚上初一的时候,户口本上的民族一栏就被目光深远的长辈朋友改成了“蒙古族”,而其父母均为汉族,让那些不聪明的人对他家的复杂血统感到吃惊。

林思源看了一会儿群聊，发现都是在讨论中午吃啥的无聊话题，只有莫晓晓得意洋洋地声称自己今天成功越狱,目前正在去吃大餐的路上。林思源就问:你怎么越狱的啊?我听说咱们敬爱的班主任已经永远地离开了大家,你是怎么请到假的呢?

徐庆就起哄说:上次 3 班的一个女生想越狱,去跳围栏,结果被上面的铁枪尖破了处,莫晓晓你要小心啊!

莫晓晓回复:给老娘滚吧你!老娘早在幼儿园时期就不是处了!

林思源看着好玩,没注意已经是绿灯,后面的车就开始猛按喇叭。他缓缓地通过路口,继续看手机。这时一辆车超上来,并行着降下车窗,有人朝他竖起中指。林思源刚要发火,仔细一看,竟然正是莫晓晓。

莫晓晓招呼:“上哪儿去啊大帅锅?”

林思源探出头来说:“独自流浪中!”

莫晓晓喊:“那你接着流浪吧哈,俺陪老公去 happy 啦!”

林思源点点头,瞅了一眼莫晓晓的“老公”,就加速冲了出去。

莫晓晓转脸问开车的赵郑:“哎,一会儿咱们去哪儿?”

赵郑随口说:“你说去哪儿就去哪儿。”

莫晓晓苦思道:“去哪儿呢?哎,你欲望强烈不?不强烈的话咱先去麦当劳吧，我现在特想吃两个麦旋风!”

赵郑笑道:“要是有个快餐店加快捷酒店就好了,叫麦当劳如家。”

莫晓晓打了对方一掌,继续看手机。

拐进一条小街,赵郑问:“刚才那个真是你同学?怎么开这么好的车啊?”

莫晓晓无所谓地说:“是我们班的林思源啊，他家可有钱了,他爸好像是搞什么货运的,林思源一天到晚不来上课,也没人敢管。”

赵郑噢了一声说:“我说呢，他爸我认识啊，林总嘛!”

莫晓晓升起一侧的玻璃问:“哎你说他开的那辆车值多少钱?”

赵郑就喜欢汽车,刚才停在后面早看得仔细了,就如数家珍地说:“那是辆眼镜蛇 GT500，福特野马的顶级跑车了,不过通常买这种车的人都不是为了炫富,而是懂车的人,或者是追求另类的人,否则早就去买奔驰宝马的小跑了哦。”

莫晓晓好像没听见，一边聊着 QQ 一边脱口问:

“到底多少钱啊？”

赵郑答：“全办下来，估计也得150万吧。”

莫晓晓吐了吐舌头：“唉，他们家怎么这么有钱啊！”

中午学校食堂里人很多，好在教师有单独的窗口，朴宏远许久不在食堂打饭了，一时连自己以前的饭盆都没找到，索性找了个塑料袋，打了两个馒头一份菜，又溜达返回办公室。

胃必治的信反复读了两遍，很多学生还是对不上号，不过朴宏远心里基本也有了底，这个班除了两个班长和一个家庭贫困的女生外，估计就没人能考上正规大学了，那几个所谓“需要不时地鼓励督促型”的学生，实际分数也就处于去年本三线上下摇晃的水平，难堪大任，就算来了那个无敌大将刘小彤，攒鸡毛凑掸子全加起来也拼不到十个人，根本达不到申主任要求的两成学生过线的目标啊！理论上讲，现在的11班要是原封不动地去参加明年高考，有把握过线的最多也就六人，才一成啊！再明显不过了，没人要的班才会落到他手上，胃必治这一走，天知道那一成是否还能保收成啊……朴宏远才吃完一个馒头就没了食欲，掰开第二个馒头时发现里面有根粗壮的头发,颇为骇人,索性丢在一边。胃必治在信的末尾是这样说的:需要帮忙的时候可以打我的电话,随时,号码在信封背后,此外,祝工作顺利!

在朴宏远眼里,这句“祝工作顺利”真的很刺眼,仿佛是胃必治的一种嘲讽又夹杂着某些无奈，有一种大鸟展翅冲进云霄之后又回望自己那破败老巢的味道,他是终于挣脱了羁绊啊,我呢?

朴宏远对自己说，不行，我得找个地方清静清静去。于是,他把胃必治的手机号码存上,又把全班的资料装进提包里,带上门,就恍惚地下楼去了。

正值五月,下午的阳光并不暴热,透过围栏可见街市上的一些女孩已经着了夏装,摇红曳绿,很是抓眼。惠林中学大门两侧的树荫下，懒洋洋地站着几个发放传单的孩子,既不热情也不主动,朴宏远路过时被塞了几张，都是些补习班、加强班或是艺考直通班的宣传品,要在以前,他会走出十米随手丢进垃圾箱,不过现在身份变了，就不免提起兴趣看看这些传单上都说些什么。

“低分照样上名校!高等学府不是梦!还等什么?拿

起电话报名咨询吧！”这是一张艺考私人培训班的宣传单，朴宏远边走边细看内容，发现漏洞很多，除了吹牛就是煽动，价目也十分惊人，一个学期每周末上两节课的叫“白金保过班”，收费9800元，考前一个月每天一节课的叫“黄金冲刺班”，收费3600元，考前一周每天两节课的叫“白银助推班”，收费1600元，看来这家培训班的负责人尚清楚贵金属的市场行情。

另一张传单上写得更是直白热辣：分数低？别怕，有我们！考不好？别怕，有我们！你交费，我办事！我办事，你放心！可怜天下父母心，蜡炬成灰泪始干！安得十年寒窗苦，留取丹心照汗青！

差点把朴宏远气乐了，这些办班的家伙似乎高中都没毕业，怎么去帮别人考大学呢？可偏偏就有些家长有病乱投医，信他们，把钱和孩子交给他们，误人子弟啊！朴宏远心里产生一个念头，必须要找个时间开个家长会，告诫他们辨识真伪，孩子考大学是要靠个人努力奋斗的，总想钻空子的话，有些人就会利用这种心理挣你的钱，到头来，钱没少花，时间没少浪费，学未必能上。

走着想着，就来到北湖边。这湖是市政府前年修的，据说是为了改善城市的人文景观，不过据附近被抢占了耕地的农民说,人文啥的不懂,蚊子倒是猛增。朴宏远顺着湖边甬道溜达了一会儿,找到一处长椅,就把刚才得来的宣传单垫在屁股下面坐着。

赵郑有午休的习惯,可是没休成,不免有点儿疲惫,但还是挣扎着起身冲了个澡,穿衣服的时候他注意到莫晓晓神色有异,就问:“你怎么了,想啥呢?”

莫晓晓矜持地摇摇脑袋。

赵郑走过来,坐在床边系鞋带,又问:“是不是不想让我走?”

莫晓晓就用力地点点头。

赵郑抚慰说:“我不是明天还过来吗?你不是也想晚上看湖南卫视的吗?这房间多好,大床带空调,安安静静舒舒服服不比你们宿舍里强啊!”

莫晓晓眼睛瞅着吸顶灯:“嗯,没事,你走吧。”

赵郑走到门口,不放心地回过头来又说:“晚上记得把门锁好,挂上防盗链,要是出去买东西别忘记带房卡,对了,你身上还有钱吗?”

莫晓晓僵硬着身子坐在床上,怀里紧紧抱着枕头,佯装不耐烦地说:“行了行了走吧走吧,怎么这么婆婆妈妈的!”

赵郑笑道:“你个小东西,等我明天再来收拾你!”

莫晓晓见他开门,嘱咐了一句:“喂,你路上开车慢点儿,回家记住老实点儿!听见没?”

赵郑哦了一声,便带上房门离去。

莫晓晓愣了愣,跳下床跑到窗子前,看赵郑走出宾馆驾车走了,就立刻抓起手机打电话:“喂,燕子是我!我心里不舒服,我难受,我想哭……”说到这儿,就开始大声哭起来。

燕子在电话另一头安慰道:“你他妈的给姐坚强点儿行不!到底出啥事啦?”

莫晓晓哽咽了几下才说:“他走了,回家去了,我留不住他!”

燕子好奇地问:“他?你说的是哪个啊?”

莫晓晓答:“赵郑呗!”

燕子不屑道:“我靠,我还以为是陈志威呢!怎么回事,你咋还和姓赵的好着呢?我上次不是劝过你嘛,他有家有老婆有孩子,怎么会和你有未来呢?你也十八了成年了,老大不小啦,别把有限的青春砸在没准儿的老男人身上啊!”

莫晓晓用手背抹眼泪:“道理我都懂的啊!可是,可是我总是忍不住想见他。”

燕子似乎很生气:“姐真想当面抽你一百个大巴掌！你太不给姐争气了,早和你说过,大叔恋不能来真的,玩玩算了,你还真想做小三啊！”

莫晓晓辩解道:“谁想做小三啦？人家就是心里不舒服才和你说说的,况且赵郑对我也确实挺好的,为了我也没少和老婆打架呢,他现在就是觉得我年龄小,不可靠，怕万一我以后去别的地方上大学，他就白离婚了。”

燕子哼了一声:“你就听他的吧，宁信世界上有鬼也别信男人那张破嘴！”

莫晓晓知道接下来燕子就该用一大套案例来教育自己了,实在懒得听,干脆转移话题说:“燕子啊,我好烦啊！你得好好安慰安慰我，要不你晚上带我出去玩吧,玩啥都行,好不好啊？”

燕子问:“你现在哪里？他把你安排住哪儿了？”

莫晓晓如实说:“城市之星惠林店。”

燕子嘀咕:“噢知道了,你们怎么总住那儿啊？哪儿不能见面亲热啊！下次让他找个便宜点儿的地方,把富余出来的钱给咱！”

莫晓晓苦笑:“你拉倒吧,那我怎么好意思说啊！不过这也说明赵郑对我是挺好的,他又不是多有钱的人,说吧，你啥时候过来找我？”

燕子略一思索：“你等我电话吧，我这边还有点儿杂事，对了，晚上带你去个好地方，我刚认识一帅哥，暴帅啊！”

莫晓晓欢呼：“好啊好啊，行行行！对了，我可手头没钱了，晚上你请啊！”

燕子嗤笑：“用不着咱花钱，你一个穷学生能有几个钱？行了不说了我挂了。”

放下电话，莫晓晓心里多少安慰了一些，想到晚上还能外出活动，精神为之一振，就跑到卫生间镜子前涂睫毛膏去了。

5

秦敏等最后一个家长接走孩子，终于歇了一口气，想到晚上还要慰劳老公，就赶紧推起车子带上女儿杀奔菜市场。现年五岁的丁丁小朋友显然对菜市场非常反感，提议要去大超市，但遭到无情拒绝，于是开始奔涌出大量的泪水。秦敏对此早就习以为常了，推着车子在菜市场里横冲直撞，寻找一个面目不算狰狞的生肉贩子。丁丁坐在后座上号啕痛哭，不时对身边经过的人介绍“这是一个坏妈妈”。秦敏就不时地回头提醒女儿，要注意说话的方式和用词。

这时候手机就响了，是家里，秦敏搞不清是老公还是老公公，只得接了。朴修田问她咋还不回来，莫非忘记家里还有个老的。秦敏就对着手机大吼，在菜市场买肉，马上就回去。朴修田误听为儿媳是在逛街采购不想回去，非常不满，狠狠地把电话挂断，又飞快地抓起来打给儿子。

湖畔清风徐徐，游人稀疏，朴宏远却没有懒散地跷着二郎腿抽烟，他像个等候约会的大龄青年一样庄重地坐着，而且是坐了一个下午。他回想了很多往事。有小学的班主任、初中班主任、高中班主任、高中的同学、大学的辅导员、大学同学、大学的女友，有些人曾让他难堪，有些人让他失望，还有些人却让他温暖。就像过电影。他想到自己第一次登台当实习教师，第一次给学生批改作业，第一次教育学生，第一次领到工资，很多在当初特殊而难忘的感受，现在终归平淡。还有，在惠林中学这九年，说长不算长，说短可也不算短了，除了几个表现特别的学生之外，还真没记住几个人呢，这应该和不当班主任有直接关系啊。然后，他又幻想了一把，假如明年这个班能考上十几个就好了，他就有资格再去接手新班级，好好地投入心思干上两届，人到中年的时候就有资历调到重点中学去执教，像胃必治一样牛烘烘地被人挖走，该是何等快慰？届时，收入倍翻就是轻而易举的事嘛，人都说，重点学校的老师度假是去新马泰，普通学校的老师只能去农家乐，这不是平空制造阶级么？可是这又有什么不对的吗？总的来说也算公平竞争啊。一定要过得好些，这是所有人都会点头同意的生存模式。人的欲望是否与生命平行呢？这可又是一个难以面对的问题了……这个时候，父亲的来电就到了。

父亲的来电简明扼要，命令朴宏远赶快回家，还有，你的媳妇太不像话啦。

朴宏远于是拎起提包就走，以最快的竞走方式赶往北湖对面的居民区，一路上竟然什么都没想。进了小区之后，迎面就撞上正在遛狗的何士英。何老师是教英语的，穿戴一般比较洋气，就连遛狗的时候都身着一套短款猎装。此外，何老师还奉行独身主义，三十好几了仍是一个人过，不清楚她是怎么搞的，反正朴修田背地里管她叫“女光棍”，多半并无褒义。

朴宏远就主动和她打招呼，又和被遛的狗打招呼，转身刚要走，却被何士英一把薅住：“你等等！”

朴宏远只得站住:“何老师你想怎样消遣小生?”

何士英没好气地说:“滚吧你,问你点儿事哎,听说你要进11班了?”

朴宏远点头:“临危受命,不便推辞啊。”

何士英认真地讲:“姓申的这是拿你开涮啊!11班的课我一直代着呢,还不清楚里面怎么回事吗?可以很负责任地告诉你,11班的班风直逼那俩破班,你应该听说过啊,怎么你居然还接了?真不知道你脑子怎么长的!”

朴宏远知道她所说的那“俩破班”指的就是体育班和艺术班,学生基本对文化课不买账,认为能拿下专业考试就算完成任务了,谁还认真念书啊?坏风气也是一种惯性,极难修复。目前来看11班勇夺第三名是没跑的事了,可是眼下又能说什么呢?他只好强忍住微笑说:“我这不也是被指派的嘛,再说了,我又没当过班主任,干不好也算正常啊,你说哪?再说了,我也不至于混得那么惨吧,事在人为,你说哪?”

何士英跟朴宏远是同一所师范院校毕业过来的,私下总是以自己人相称,本想站在一块儿发发牢骚,骂骂社会,可见朴宏远这么一副蒸不熟煮不烂的劲头,也就很没脾气,扯过狗来说:“Ok,ok,you are the best!”

朴宏远挥手："那就 See you tomorrow 啦！"

何士英冷笑两声赠出一句话："老朴！说实话吧，你不会是就为了那两百块钱的补助吧？"

朴宏远一怔，刚要作答，远远望见秦敏蹬着车子拐了过来，就赶紧努嘴走开。

11 班的夜自习静悄悄的，因为教室里一共才四个人，男班长满晨、女班长霍然、贫困生詹翠爽，还有刚被父亲鼓励督促过的关宥荷。因为多数老师都回家欢度周末去了，自习课也就变得精简自由。

关宥荷看了会儿书，就忍不住摸出手机，看看"胡说八道群"里面正胡说些啥好玩的，毕竟今天大多数人都四散奔逃了，肯定会有不少新鲜消息。

林思源不敢回家，又懒得去学校，就打算在快捷旅馆开个房间住下，可到了前台才发现忘记带身份证，多给钱也行不通，无奈之下返回车里，一时也不知道去哪儿了，只好靠玩手机打发时间。

林思源在群里说：腰缠万贯，无家可归，苦逼人生啊！

徐庆似乎随时在线：兜里没钱，身陷宿舍，这才是苦中之极苦哇！

章之林冒泡说:呵呵,活该啊你们! 爷等今天成功越狱,诸君目前正在学校后面的大排档饮酒作乐,好不自在啊!

林思源问:你们怎么越的?学校后面的围栏还能行走?

章之林答:狗洞 A 和狗洞 C 已被保安发现,均遭封死,俺们走的狗洞 B。

徐庆:哇哈哈!

章之林:怎么样,你们谁愿意过来一块儿喝酒啊?AA 制啊。

徐庆:俺是浑身上下就剩一条内裤了,能赊账喝酒不?

林思源问:你们几个啊? 都有谁?

章之林:俺、李少谦、王聪、外班一个,还有几位国家领导人。

关宥荷冒头问:王聪也去啦? 外班的谁啊?

章之林:体育班的,陈志威你们知道吧?

林思源扫兴:就这么几头人啊,算了我不过去了。

徐庆:陈志威就是个二货,居然和他喝酒,我去他妹的!

章之林:我们没叫他,他碰上我们的。

林思源:你们喝你们乐。

关宥荷:你们都好潇洒啊,可怜我还在教室陪伴着他们三头六臂。

徐庆:有喝酒的,有好好学习的,我先睡咯!

关宥荷:哎,我听说朴宏远要来咱们班当头。

林思源:那厮谁啊?

徐庆:真的假的?

章之林:我知道他,以前给隔壁班代政治课的一闷骚。

关宥荷:我晕,谁把老魏给挤跑了啊?

林思源:老魏也不是神马好鸟。

关宥荷:魏老师总的来说其实还不错了啊。

徐庆:换汤不换药,爷倒下,这次真睡了! 88!

章之林:你们聊,我接着喝酒了。

林思源:这姓朴的啥时候来啊? 不会是下周一吧?

关宥荷:估计是。

林思源:行,到时候俺专门过来会会他。

关宥荷:你闹吧。

林思源:今天我看见莫晓晓的老公了,那么大岁数了,居然才开辆长城车,丢面儿啊!

关宥荷:哦? 你怎么见着的? 帅不?

林思源刚要打字，忽然发现车窗上趴着一个人，吓了一跳，仔细辨认，正是莫晓晓。林思源把车窗放下，立刻闻到一股酒精味，就问："你怎么在这儿？"

莫晓晓嘻嘻笑着问："我还想问你呢，你怎么在这儿啊？"

林思源就简单说了。

莫晓晓手臂一挥："走！跟姐走！姐这儿有房！"

林思源也坐累了，锁了车，跟着莫晓晓就进了旅馆。

6

夫妻合伙做饭的时候，秦敏显得很生猛，抡圆了胳膊剁肉，像是恐怖片里的杀人狂。朴宏远就嗅出一丝不祥的味道，却也不敢打听。

秦敏拧开煤气，把肉倒进锅里，忽然开口问："是不是觉得跟我没话说了？"

朴宏远含糊道："怎么会啊？哎，剥一根葱够吧？"

秦敏并不会被一根葱指引了方向："咱俩在厨房待了快半个钟头了，竟然连一句话都没说，你不觉得这很奇怪吗？"

朴宏远宽厚地说:“这有什么好奇怪的嘛，全家都饿了等着吃饭呢,谁还顾得上聊天啊,哈哈,再说也没发生啥特别的事嘛。”

秦敏撇撇嘴:“刚结婚那会儿，你小子可是话特别多呢,睡觉的时候都恨不得讲几句梦话给我听。”

朴宏远赶紧做追忆状:“喔……真的啊？”

秦敏指点道:“料酒不够了,快去冰箱里找找！”

朴宏远答应着去搜冰箱，并如释重负说:“冰箱里还有俩剩馒头呢，要不我晚上就吃这个吧，你们吃米饭。”

秦敏却忽然说:“我就纳闷了，你怎么跟别的女人就那么多话可说呢？”

朴宏远知道躲不开了，讪笑道:“我跟谁那么多话了啊？”说完了,觉得自己很虚伪。

秦敏铲子翻飞:“何士英！要不是我正好回来撞上你们,是不是得说到天亮啊？”

朴宏远假装严肃:“小心眼儿！”

秦敏瞪着锅说:“我不管你们聊什么，也不想打听得那么细,光天化日孤男寡女的嘻嘻哈哈没完没了,就那么有劲？”

朴宏远解释:“是没劲！其实我和她也没聊啥,说说单位里的事儿,还没聊几句呢你就来了。”

秦敏把葱姜蒜丢进锅里,继续翻炒:“既然没聊啥,干吗看我来了你们就赶紧散开了?单位里的事儿就那么背着人说?”

朴宏远安抚道:“还不是怕你多心嘛!我要是看你来了还站在那儿接着聊,你不生气啊不上火啊?”

秦敏把油烟机调低一档,随口说:“知道我会生气会上火,以后就别聊了嘛!同事之间又没特殊事情,打个招呼过去不就完了嘛!再者说,何士英那种女人在咱们小区的口碑可不怎么好,就算你们是老同学,也要注意影响嘛!”

朴宏远真诚道:“好,以后一定注意。”

秦敏盖上锅盖,酸溜溜地问:“你觉得她哪儿比我好?”

朴宏远猛摇脑袋:“她哪儿都不如你好!一切的一切及其他!”

秦敏乐了:“虚情假意!客观地说,何士英还真有一个地方比我强,你想不想知道?”

朴宏远怕是个圈套,赶紧说:“不可能!我也不想知道。”

秦敏满意道:“告诉你吧,她就一个地方比我强,她会勾搭别人老公我不会。”

朴宏远认真点头:“好在你的老公也不是谁都能勾搭的。”

秦敏拍拍脑袋,似乎换了一个频道:“哎呀!我忘了一件特别重要的事!”

朴宏远紧张地问:“你又怎么了?”

秦敏摆摆手:“没事没事,我想起来了又,我们一个同学明天要结婚,早就通知我过去呢。”

朴宏远踏实了:“你同学这婚可够晚的。”

秦敏瞄着对方说:“再晚人家也是要结婚了,可不像某些人的同学啊!”

朴宏远赶紧走进餐厅,擦桌子搬椅子假装忙乎。他知道,在秦敏心里,像何士英这样的大龄单身女子是对整个社区已婚妇女们的威胁,不可不防。当然,这心态也能理解。以后对何士英还是敬而远之为妙,多点儿心思想想怎么干班主任的差事吧。这么一转念,顿时感觉压力骤增,58个学生就像58个兵马俑一样堵在眼前,哦不对,不是58个,是59个!

不错的炖肉,朴宏远也没嚼出滋味,倒是秦敏问这问那的,好像即将上任11班的人是她。朴宏远安静地吃了晚饭，最后冒出一句话："从明天开始，我就要天天泡在学校了。"

秦敏虽然没当过中学班主任，但幼儿园里的责任也是可以类推的，在班上，她们三个阿姨带四十多个孩子，还累得不行，更别说丈夫要一个人带六十个孩子了，于是她打算把自己的经验介绍给朴宏远，可没说两句，就失去了听众。

朴宏远溜达进厨房，在小马扎上一坐，脑子里便是胃必治的那句话：祝工作顺利！多么普通的一句客套话呵，甚至不含带任何感情色彩，仅仅是那么随口一说，随手一写。

秦敏跟进厨房里刷碗，屁股对着朴宏远的脸。她觉得这不算啥，丈夫没必要像个青蛙似的蹲在旮旯里发呆，那样如临大敌一般，适应几天也就过去了，念及此处便问："是不是从下个月开始你就该多领两百了？"

朴宏远嗯了一声。

秦敏又问："是不是以后也该有家长来给咱们送礼了？"

朴宏远猛然想起提包里还有关宥荷父亲塞的一千块钱呢，他心跳顿时加快，随即用电光石火般的速度作出决定——先不要告诉她！

秦敏其实是在自言自语，本来这问题也不需要答案，她说："我听说毕业班的班主任特吃香，半数的家长都供着呢，尤其是那些家里有钱有势的，不用你开口，人家就主动上门，躲都躲不开，收礼都能把人收麻烦了，啊呀。"

朴宏远想，没必要把那些钱转移吧？嗯，没必要！秦敏多年来几乎从不翻他包，因为确实也没啥可翻的，每星期她都会给他塞一百元钱买烟，这当然也包括零花，所以她能翻出来的也只能是一把零钱，而现如今有几个男人身上就装这几个钱的啊？恐怕秦敏就是想翻他包，也没那个勇气，因为她无法面对自己男人的窘迫，除非她想找自责。

秦敏继续自己的说话："啊哈！没想到昨天晚上才商量的宏伟蓝图，今天就开始启动了，老公好样的！看来我也要奋起直追啦！嗯，我听说中学的班主任一般都掌握着学生家长的基础信息，干什么工作啦收入情况啦有什么关系啦电话号码啦，老师一句话，家长就得屁颠屁颠地执行，啊哈！这回可算让何士英那骚女人嫉妒眼红啦！"

朴宏远对着面前的屁股说："人家招你惹你了？"

秦敏安静了几秒钟，忽然放出一个响屁："闭嘴吧你！”

要在平时，这个屁可以归纳于夫妻情趣的范畴里，可眼下朴宏远对这个屁充满了怨恨。他立刻想到刚认识秦敏的时候，那个淑女范儿啊，怎么现在成这德行了？是不是所有婚姻的平淡乏味都和失去神秘感有关呢？自己未来又将要和她走到哪步田地呢？眼下的秦敏关注的是钱和生活水平，以后呢？以后钱多了生活水平提高了呢？朴宏远忽然意识到自己的思绪散了偏了，想啥呢这是？他于是说："你等着，看我待会儿怎么收拾你！"

秦敏已经收拾完了，擦擦手，用愉快又富有挑衅的口吻说："好！我等着就等着。"说完，快步走进客厅，大声对女儿吆喝："丁丁你咋还不睡觉还看电视？不要眼睛了？明天不去幼儿园了？"

丁丁小朋友顽强地说："才九点嘛！你可真是的！"

林思源把莫晓晓架到床上，给她脱鞋，瞅见她一只脚丫上还黏着口香糖，不禁一皱眉，就寻来一片纸巾抹掉。

莫晓晓清醒了一下问："几点了啊现在？"

林思源看看手机："九点，你可够沉的啊！"

莫晓晓有点儿不甘心似的说："才这么早呀，我靠，我一去就被他们灌多了！"

林思源关切道："以后还是少喝点儿吧，一个女孩子啊。"

莫晓晓摇头晃脑说："你不知道啊，幸亏中间我老公给我打电话了，逼我早点儿回来，要不然我肯定被他们灌死啦！我靠！我靠靠靠！"

林思源把她双腿抬上床，盖上薄被，就走进卫生间里洗漱。才洗完脸，一抬头，发现莫晓晓正站在旁边刷牙。林思源骂："你他妈有病啊！怎么总是吓唬人啊！"

莫晓晓哈哈大笑，笑完了把嘴里的泡沫吐掉说："先说好了啊，晚上别骚扰我，我可是名花有主的！"

林思源装作不屑道："你想什么呢你！像你这样的残花败柳，顶多做个普通朋友，交流不交心，交心不交配。"

莫晓晓把林思源使劲挤到边上，也开始洗脸，边洗边说："我残花败柳怎么了？我还是美女呢，我在酒吧，今天被好几个帅哥围着哪，都说我清纯，喜欢我。"

林思源皱眉："混社会的人的话你也信，懒得理你了，我睡了先。"

莫晓晓捏着瓶面霜追进屋："天一亮你就赶紧走

啊,我老公来了就坏了!”

林思源答应一声,脱光了膀子倒头就睡。

惠林中学后面的夜市上已经有点儿冷清了,王聪看看手机,十点一刻了,猛然起身,还踢翻了几个啤酒瓶子,她急火火地说:“不行!我得走了,宿舍快关门了!”

章之林已经喝得脸色紫红,面若重枣,眼镜都跟着放光,他挥手吆喝着:“让妇女先撤!”

陈志威无趣地说:“再喝会儿啊,急啥急!”

王聪抱拳道:“哥们儿你们继续吧,我可不敢违禁!”说完了,掏出五十块钱拍到桌上,撒丫子就跑。

李少谦笑:“好,终于可以开始男人话题了嘛!老板——上酒!”

陈志威坏笑:“你们这俩没出息的贱货啊!也不说一块儿把王聪留住,过了十点半还怕啥,回不去宿舍了多好?”

章之林好奇地问:“咋地?你还对她有想法啊?”

陈志威轻蔑地眯缝起眼睛说:“拉倒吧就她?我是看你们俩还是处男之身,实在不忍心让你们带着这个巨大的遗憾告别高中时代啊!”

李少谦多少有点儿不好意思，便说："那也不能把她灌多了就下手啊。"

陈志威探出脖子："灌多？你还管那么多？天亮了，谁也不欠谁！"

章之林剧烈摇头："我可没这想法，我心里有人了。"

李少谦转移话题问："哎志威，老实交代你上过多少女生了？"

陈志威就举起一个巴掌，翻着白眼儿掰手指计算，最后说："四个了。"

李少谦敬佩道："这么多？你真牛啊！"

陈志威则很谦虚地说："我这不算多，我们班有人上过七个了呢，不过我上的这几个都是处。"

章之林脸色不是很好，忽然说："我不想喝了！"

李少谦正在兴头上，劝他再待会儿一起走，继续问："老兄能给介绍点儿经验不？"

陈志威点了根烟，眨巴着眼说："经验谈不上的，我也顶多就算是运气好，误打误撞，又肯费心思，女人嘛，你多给她点儿好听的话，多来点儿小浪漫就成了，也花不了几个钱，吃顿饭，买个布娃娃，半夜给她发短信，海誓山盟啥的，这谁不会啊！反正你得有耐心，要不怎么叫泡妞呢？”

李少谦感慨万千：“大哥，我开始崇拜你了！请问最后一步怎么走？”

陈志威很成熟地劝酒：“来，先喝了我再告诉你！哎——找个晚上，带她出来，喝上一点儿，而你呢提前先开好房，里面放上一枝玫瑰，等火候差不多了就带她去，她只要肯跟你走，那必成！对了，别忘了买安全套。”

章之林开始侧身呕吐。

李少谦连连点头，对章之林有点儿烦，他又问：“大哥，你都搞定了谁啊？通报通报，咱俩可别撞了车，你说是吧？”

陈志威显然也喝晕了，手伸进裤兜里摸索着拽出手机，翻出里面的相册拉李少谦参观：“你看，这是乔燕，你看这胸，这个是苏小苗，她不让我拍，所以我就拍了个后背，还有你们班里的……”

李少谦瞪大了眼赞叹：“苏小苗你都搞定啦？牛啊你！大哥你是陈冠希啊！”

章之林忽然起身就走，跌跌撞撞从马路牙子上翻滚了出去。

朴宏远躺在床上正胡思乱想呢，秦敏就笑眯眯地摸索过来，把他胳膊套在自己脖子上，以头抵住对方肩膀，然后说："我啥想法都没有。"

朴宏远分出神来问："那你想干啥？"

秦敏犹豫片刻说："我就想问你个问题。"

朴宏远打着哈欠："说吧。"

秦敏问："假如我忽然死了，说心里话你会娶了何士英吗？"

7

惠林中学的学生从进入高二起，就没周末了，半军事化全封闭管理。不过也只是对外这么宣传，表达催人奋进的意思，仿佛这所学校就是一部满负荷运行的高考列车，无需保养维护即可直抵终点。家长们也是这么认为的，孩子们苦啊，连个休息日都没有，压力太大了啊，于是他们每到周末都可以被获准去探视各自的孩子，甚至接回家住两天也行。当情与法发生碰撞的时候，多数人都倾向"规定是死的，人是活的"这句话，以至于几乎全部的规定都被人为地破坏，即便是由那些曾经拥护甚至是制定这些规定的人干出来的，最后似乎都能说得通。

不过惠林中学倒是有两条不成文的规定，始终没人能够破坏。

第一,学生如果怀孕,必须被开除。由于生理机能的局限,男生不好怀孕,所以被开除的都是女生,除非哪个可怜的女生肯把孩子的小爸爸交代出来。其结果是,男生载誉归来,被喜忧参半的父母安置到别的学校读书,女生则由他们悲愤交加颜面丧尽的家长领走,不知所终。

第二,食堂的大师傅们神圣不可侵犯。无论你是老师还是学生,进了食堂就得守规矩,老实排队就不用说了,还要面露虔诚能说会道,讨师傅们高兴,要不然你就甭想获得如意且保值的饭菜，甚至还要迎来呵斥和恫吓。模样漂亮的女生很少操心这个,大师傅们见着了就会特开心,微笑和菜量都给得足,午饭的时候他们中的一些会索要这些女生的手机号,到了晚饭,就会忧郁且认真地盘问她们,为啥那个号是空号?以前也曾发生过罢饭事件,学生们因为食物的卫生、口感、售价等问题搞串联,相约几日不去食堂用餐,可结果是,学校禁止外出觅食，大家只能窝在宿舍里啃那些储量有限的干粮,到了第二天还得不约而同地奔食堂,迎接他们的是昨天的剩菜和大师傅们平静如水的表情。

差不多每隔三年，就会出现一次罢饭事件，不过均被厨师们顺利击溃，惠林中学的食堂犹如圣殿，大师傅们，已经晋级到最接近神的人。

但是有两个人改变了这一历史格局，他们俩的无意联手使其成为惠林传奇史诗般的人物，他们及其偶然的冒失的行动彻底瓦解了大师傅们的强势地位，从而一举扭转了被动吃饭的问题。时至今日，依然恩泽着惠林中学的两千多学生。他们就是——朴宏远和刘小彤。

按申主任的意思，刘小彤原定是在周一报到，可他农民工的父亲则固执地认为，在城里周一该是工作的日子，所以周日上午就把儿子送了来。长途小巴风尘仆仆的，刘小彤一路上也不说话，他无法预知自己需要多久才能适应那个陌生的环境。倒是父亲话很多，情绪也好，不停地对城市生活做力所能及的介绍，刘小彤多少听进去一些，于是越发产生了距离感。

大包小包地扛进宿舍，也没人搭理他们，不知道接下来干点儿啥合适。毕竟是孩子，刘小彤对惠林中学的操场和教学楼充满了好奇，执意要先转一转。他父亲对此并无感觉，本身就是建筑工人，而且眼下就在“北湖壹号”小区工地上干活儿，高楼大厦见得多了，似乎都与自己无关。不过儿子打算熟悉一下环境也没什么不对，于是父亲就说，那你乐意转就转你的吧，我去看看你们老师。

老刘四处打听，听说11班的班主任正在教师办公室呢，就找过来。屋子里面只有朴宏远一个人，正在翻看着一堆纸。老刘便站在门外，搓搓手，蹭蹭脚，有意制造出点儿动静。

朴宏远正在看莫晓晓的材料，听到声音一抬头，见一个穿着粗布西服的乡下中年人正朝自己微笑，就连忙起身问："请问，您找谁？"

老刘矜持地笑："不找谁不找谁，我就看看就看看。"

朴宏远不知该怎么接茬，随口说："那您请进来看吧。"

老刘连连摆手："不进了不进了，我把孩子给送来啦，就看看，这就走。"

朴宏远才明白，这应该是位家长，估计是周末把孩子接走又送回学校了，便说那好那好，重新坐下，继续自己的工作，忽然想起也忘记问问是哪班的学生家长了，再抬眼的时候，门口已经没了人影。

老刘在操场的看台上找到儿子，刘小彤挺兴奋，拉父亲一块儿坐下看操场上绿茵茵的草坪。老刘说,这块地要是养羊肯定不赖,足吃。刘小彤就笑出声,说要是养羊,那得拉多少羊粪蛋啊,还怎么踢球啊。老刘也笑出声,你爹和你开玩笑呢你还当真啊!

刘小彤问:“你见着我们老师了?怎么听申主任说,魏老师已经不在了呢?”

老刘说:“这城里人不一样的啊,经常换地方挣钱,哪边草长得旺就奔哪边去,不像咱那地方,一辈子也出不去几个人啊, 刚才我瞅见你们新老师了, 一表人才啊,对我还特客气,看得出,那是个好人。”

刘小彤没说话,似乎是因为没能再见到魏老师,有些意外。

老刘张望了片刻,对这一片绿地没啥兴致,就嘱咐说:“待会儿我还得回工地呢, 你在这儿啥也别想啥也别干,就把那些书本给咱念好了,你爹我以前给大学盖过楼,那气派! 你小子做梦都想不到是啥样,要想去好大学念书,你就得自个儿成全自个儿啊!”

刘小彤认真点头。

老刘又说:“千万别和同学打架, 你就算打得过人家也别和人家打,城里人心思多,会慢慢整治你,咱农村出来的不能说就低人一等,但受点儿委屈也不算啥,咱要心里宽！更别和小闺女搞对象，人家看不上咱这农村出来的，到头来也会冷了你，你就把全部心思丢学习上吧，等考上大学，学好了文化，再在城里找个好工作，你就啥都有了，想干啥再去干啥吧！人这辈子要经历的事儿其实就是那么几件，你要是都搞砸了，这辈子也就算都毁了。”

刘小彤没有显出不耐烦，轻轻地说：“这些我都知道。”

老刘想拍拍儿子肩膀，可没能把手伸过去，就在空中一划拉，笑嘻嘻地说：“你爹我啊没赶上好时候念书，当然也没你这个本事，以后出息了别忘了咱爷俩儿今天在这儿说过的话啊！你爹我啥也不图你的，咱家有房子有地，够吃够喝完了，就图你能成个事儿，给你爹我争个光，让你爹也能在村里挺直了腰板说话，咱种地的比不上人家有钱有势的，你不拼念书就谁也拼不过，就谁也不拿你当个啥，你打小身上就白，像个城里人，所以你妈临走前就老是跟我念叨，说你这孩子不是干活的料，晒黑了可惜，让我死活把你供上大学，这一算，可都五年了啊，咱就差这最后一年了，说啥也得挺上去！你妈要是知道你都跑这儿念高中来了，还不要学费，还给念大学的钱，地底下不定得多高兴啊……”

刘小彤说:“爸,您甭说了,我都知道。”

老刘又陪儿子待了一会儿,就起身要走:“你身上的钱省着点儿花,吃饭上别省,这是多好的学校啊,行了我走了。”

刘小彤看着父亲走下看台,走远了,忽然抹起了眼泪。

朴宏远伸了个懒腰,看看表,该吃午饭了,就朝食堂走。他脑子里想,我说莫晓晓名字这么耳熟呢,原来上学期被抓过夜不归宿,全校通告批评过啊!这丫头事不少啊,但愿这回请假别又闹出啥事来。

莫晓晓父母离异,随母,母亲是跑业务的,几乎见不着面,这种家庭出来的孩子是毫无安全感的,而缺乏安全感的孩子往往早熟,早熟加心智不全再加模样好看,很容易出大问题的。

朴宏远就掏出手机给莫晓晓打。

莫晓晓刚睡醒,迷迷糊糊接了,聊了两句,才知道是班主任,一下坐起来:“啊!朴老师,我没听出来是您!我没您手机号!您找我有事?我啊在亲戚家,真的在!我保证,向天发誓都行,啊?不是,我亲戚家没人,都出去了,现在就我自己在这儿,啊?我好多了,明天?明天可以吧……嗯，再见朴老师。”

莫晓晓放下电话，慢慢回过神来，忽然听到有人敲门，敲门的节奏证明是赵郑来了，就又是一惊，赶忙看身边的床上，又张望卫生间里，还好，林思源已经走了。

赵郑走进来的时候，看莫晓晓一副蓬头垢面的样子就乐：“小东西，你还没醒啊！是不是昨天喝多了？”

莫晓晓做可爱状点点头，嘟哝着嘴说：“你不来我还接着睡呢，讨厌！”

赵郑说：“那您就接着睡，我也是来睡午觉的。”说完，就换了鞋，走进卫生间。莫晓晓返回床上，思索了一下刚才班主任电话里的句子，有些不踏实，后来一想能怎么着啊？反正明天回学校也就行了，这个朴老师似乎也好说话。莫晓晓就朝卫生间方向说：“老公，一会儿咱们吃什么去呀？”

赵郑在里面吭了一声，好一会儿才出来，出来以后，脸色不是很好看。

莫晓晓担心地问：“你怎么了？”

赵郑问：“昨晚就你一个人在这儿睡的？”

莫晓晓啊了一声，大脑立刻全部苏醒过来，开始预热运转。

赵郑观察着对方的表情：“问你呢。”

莫晓晓皱眉："我不是回答了嘛，一个人。"

赵郑笑了。这笑容让莫晓晓联想到魏老师，每次胃必治戳穿学生谎言的时候，都会发出类似这样的微笑。赵郑说："那你能给我解释一下吗，为啥卫生间里用掉了两套牙具？"

莫晓晓摆出不屑的样子，眼睛看着右上方说："我还以为怎么了呢，都是我用的啊！我昨天用了一套，今天早上起床又用了一套，嗯，你不在我起来的就早，后来没事做就又接着睡了，干吗？你嫌我浪费了？"

赵郑只摇了一下头，轻飘飘说："我最讨厌撒谎的人，而我现在开始有点儿讨厌你了。"

莫晓晓无辜地叫起来："我怎么让你讨厌了啊！就因为我多用了你一套牙具?!"

赵郑苦笑："有时候你撒谎挺可爱的，有时候你撒谎又挺可恨！"

莫晓晓不耐烦地说："行了行了，你爱信不信吧！反正我没做对不起你的事，你要是讨厌我恨我，你可以走啊！咱俩到此结束！"

赵郑保持着平静说："我愿意信你的每句话，真的，从咱俩认识的第一天起我就发现你爱撒谎，可那些小谎话也无所谓，我知道你的家庭情况，女孩缺乏安全感的时候就容易撒谎，这也很正常，可在大的问题上，如果你还骗我的话，那你就是品质的问题了，我相信你能听懂我的意思。”

莫晓晓轻蔑地一笑：“我品质？你怎么不说说你自己的品质呢？你一个有家有老婆的男人，和我这种小姑娘天天勾搭，你这又是什么品质呢？”

赵郑噎住，缓了缓才说：“我不道德，我承认，可这和一个人的善恶品质无关，至少我是什么情况都告诉你了，没瞒着你任何事，你愿意跟我好就好好地跟，不愿意也别勉强自己！”

莫晓晓有些生气了，提高了音量：“赵郑我告诉你！诚实不一定就代表真诚！谎话也不一定就是丑恶！”

赵郑黯然一笑：“看来我对你诚实也有问题了，好，我不真诚，你撒谎也不丑恶，你多真诚啊，很好。”

莫晓晓怒了：“你滚！”

赵郑注视着衣衫不整的女孩，又气又怜爱，不过毕竟还是习惯了自己的尊严，于是吼道：“要滚的人是你！你个骗子还有资格轰我走？”

莫晓晓气得直哆嗦，疯了似的收拾自己的衣物，胡乱往包里一塞，像个要逃难的人一样赤着脚拎起鞋就往外冲。赵郑急忙一把扯住，莫晓晓奋力挣扎还是被抱住，赵郑的拥抱极紧，几乎令她窒息。

好一会儿，莫晓晓才脱离出来，打了对方两拳，却发现赵郑正在淌泪。莫晓晓心就软了，也哭了，给他擦泪："老公，对不起，我不该说谎骗你。"

赵郑用力点头，含混地问："昨天你到底和谁在一起了啊？你告诉我啊。"

莫晓晓抱住他，安慰着："老公不哭了啊，我昨天和我同学在这儿的，我一个人胆小，就叫燕子来陪我，不信你下次可以问她，这次我可没骗你了。"

赵郑抹掉眼泪问："燕子？谁啊？"

莫晓晓说："乔燕，你没见过呢，下次让你见见，是9班的，比我大半岁。"

赵郑释然："那你何苦骗我说就一个人睡的啊？"

莫晓晓劝解道："燕子不是你喜欢的那种类型，就是说她挺疯的，爱在社会上混，我怕你说我和这样的朋友交往。"

赵郑苦笑："这不算什么嘛，找时间把她叫出来，我请她吃饭，你的朋友我也该认可的啊，你可真是个小孩子。"

莫晓晓笑道："我看你才是个小孩子，这么爱哭，以后我要是真走了，你不得哭死啊！"

8

朴宏远快步走进食堂,今天人不算多,每个窗口就十几号人排队,而教师的窗口根本没啥人,朴宏远就不着急了,慢悠悠溜达过去,弓起背参谋着橱窗里的菜。就在这时,附近一个学生的打饭窗口发生了争执。

刘小彤排了会儿队,终于轮上他了,就把饭盆递进去,同时指点着一份菜,大师傅随手给他来了一勺,又问他还要啥,刘小彤就说再要三个馒头。这一切都很常态,可就在刷卡的时候出了岔子。

刘小彤还没有办饭卡, 他想给现金, 可大师傅不收。刘小彤就问为啥不收,大师傅说看你就是新来的不懂规矩,收现金容易出现贪污你懂不懂啊?刘小彤想了想,就让后面的同学帮他刷卡,自己再给钱。可就在这段时间里,大师傅已经把菜倒了回去,并把饭盆推出窗口,还吆喝:“下一个!”

刘小彤只得又把饭盆递了进去, 说后面的这个同学帮我刷卡,还要刚才那个菜。大师傅就瞪着他说,你小子这不是耽误我工夫嘛,刚才你怎么不预备好?刘小彤解释,自己是新生,啥都不懂,回去就办卡,下不为例。大师傅用长柄勺指点着这一列排队的学生，很正义地说，你不懂规矩就学会了再来，别在这儿堵着，没看这么多人都等着你嘛。说完就用勺子把刘小彤的饭盆扫了出来。搪瓷饭盆掉在水磨石的地面上，发出一阵刺耳的声响。

刘小彤从地上捡起饭盆，让后面的人上前打饭，他平静了一下情绪，然后走到下一个同学边上，私语了几句，就把饭盆委托给对方，自己则走到一边去等。可大师傅一直眼神不离地盯着他呢，等刘小彤的饭盆第三次被送进来的时候，这名厨子采用了一种很阳刚的做法——直接把那个饭盆甩到身后去，同时断喝："叫你他妈的再来！"

刘小彤已经气得呼哧呼哧的了，胸腔起伏剧烈，眼泪也差点儿掉出来，他对自己说：不许哭！就是不许哭！

朴宏远闻声走了过来，低声询问附近的学生怎么回事。

刘小彤长这么大了可能都没受过这种委屈，刚才弯腰去捡饭盆的一刻，已经是他忍受的极限，他明白自己并没有出格的过错，就算不懂"规矩"，也不该连在这所学校吃的第一顿饭都这么丢人。他本能地攥起双拳，大步来到窗口，等最近的一个同学打完饭后，就开口说:“你没权利摔我的饭盆！”

大师傅就笑了:“呦!我摔你饭盆是叫你长个记性,告诉你小子,赶紧滚蛋！别不知好歹,我能摔了你饭盒就能摔了你,你信不？”

刘小彤叫道:“那你就摔我！”

朴宏远在一旁赶紧说:“别闹别闹,都别闹,吃饭不是什么大事,师傅您把那饭盆拿给我行不行？”

大师傅瞄了一眼朴宏远，并没把这个瘦小的老师当回事,而是扯下围裙往外走,边走边嚷嚷:“他妈的找死啊这是！非逼着我给你长记性！”

刘小彤原地没动,等候那名厨子冲了出来,并承受了一个狠狠的耳光。

大师傅指着面前这个不懂规矩的学生问:“告诉我你是哪个班的？你敢不敢告诉我！”

刘小彤大声说:“我是高二 11 班的！我叫刘小彤！你敢再打我一下,我就和你拼命！”

又一个耳光挥上来,刘小彤几乎被打倒在地,大师傅想冲过去再踢上两脚,忽然被人从身后抱住。

朴宏远用尽最大的力气,把怀里的厨子向后拖,厨子的肚子太大了,双臂几乎无法抱拢。这个时候,刘小彤开始反击了，一脚踹在大师傅的肚子上，朴宏远和厨子就双双倒地。接下来就是一场小型混战，三个人在地上翻滚扭打。橱窗里的十几个厨子，原本是看热闹的，忽然见局势紧张，就纷纷叫嚷着往外冲，有人还拎着厨具。

朴宏远眼瞅这种场面，忽然爬起来大呼："孩子们给我上啊！出了事我兜着！"

这一嗓子下去，很多人都惊住了，全场大约寂静了一秒钟，立刻就掀起了潮水。数十名男生奔跑过来，迎击那群厨子。厨子们几乎是一触即溃，丢下一些厨具和拖鞋就往仓房跑。紧接着就是全体学生的总动员，摔凳子砸桌子，掀翻了所有的饭菜盆子。那个和刘小彤厮打的胖师傅很明智地选择了突围，可是刚跑到食堂门口，就被人堵了回来，于是忘我地在大厅里狂奔，无数的馒头和鸡蛋雨点般投掷到身上，他也浑然不觉，嘴里呼喊着，快叫人！快打电话报警！整个食堂，就像一架弹珠机，热血沸腾的学生们把这个胖肚厨子弹得到处旋转和碰壁。

王校长是惠林中学的正职校长，一般来说，低级别的人事变动、学生问题、教务管理，他都不管，全交由孙副校长负责,他管的都是大事,关乎学校发展建设的大事才由他出面定夺。王校长很少来学校,他一来,通常都有大事发生。

申主任面无表情地叫朴宏远进屋的时候，胖肚厨子正神情悲壮地从校长办公室里走出来，头发上还顶着一些用来装饰委屈效果的鸡蛋壳碎片，两人擦肩而过,似乎都听到对方哼了一声。

朴宏远被客气地叫坐在办公桌对面的沙发上,王校长注视了这名青年教师大约半分钟后，才说:“朴老师来惠林工作多久了？”

朴宏远轻咳了一声回答:“九年了。”

王校长咂巴着嘴说:“九年？九年应该不算新人了嘛！”

朴宏远不知道如何回答才好,就浅笑了一下,心里有种不祥的预感。

王校长继续严肃地说:“全校三四百教职工，我不会都熟悉,就像你,真的一点儿印象都没有,这好像也是咱们第一次私下见面,对吧,看来还是我的工作不到位,对下面的同志了解也不够深入。”

申主任一旁站着，接口说:“王校的工作也确实太忙,都理解的。”

朴宏远更加不知道该怎么接茬，索性听下去。

王校长感慨道：“一名人民教师，就算再年轻也不该和学生们一样过激处事啊！他们小不懂事，你难道也不懂事吗？我比你年长许多，对吧，可我这一辈子都没做过什么过激的事，不要说做过想都没敢想过。”

“所以说校长才不是人人都可以当的嘛！”申主任起初的时候是双臂抱在胸前的，说到这里变成两手叉腰，目光也跟着犀利起来。

朴宏远解释说：“我确实过激了，可当时的情况也是万般无奈，也是出于保护学生的目的……”

申主任嗤之以鼻：“万般无奈？小朴你这是太过夸张的借口啊！”

王校长忽然笑了：“保护学生当然是对的了，咱们谁都清楚，要是在一个学校里学生出了人命，肯定要比死了一个老师的社会反响严重得多，对吧，可是保护学生也有多种方式啊，未必就得揭竿而起推波助澜嘛，刚才我听那个厨师也说了一些情况，是他先动手打了学生不假，可那个学生也确实太不像话了，不带饭卡还排队加塞，对大师傅们出口不逊，对吧，这样的学生欠缺基本的素质教育，我想他的班主任是有一定责任的，你说呢？”

朴宏远分辩道:“他是新来的学生，我是刚上任的班主任,而那个大师傅却是恶人先告状的！”

王校长点燃一支烟，吸了一口说:“先告状肯定不假,恶人就不至于了嘛,谁没个脾气呢?对吧,你说那个学生是新转来的,那好,咱们以后慢慢教育他,而你呢,刚当班主任无需对这个学生的教育负责，似乎也说得通,可现在的问题是,谁对这起责任事故负责呢?”

见朴宏远语塞，申主任协调说:“闹事打砸的学生人数太多,很难追究责任的,这次就抓了几个闹得最欢的,其他人就当法不责众吧。”

王校长点头问:“朴老师什么态度?”

朴宏远想了想说:“我认为,被打的学生无过错,即便有错，错不至受辱挨打，所以那个厨师应该向他道歉。至于全体学生打砸食堂,也是因为食堂的工作人员长期霸道欺压学生,饭菜不卫生价格贵,学生怨气积压得太久才爆发的,这并非是个孤立事件,所以不存在法不责众的说法,应该算是合理抗争。至于行为过激,我认为也是可以理解的，毕竟当时是食堂工作人员一方先动的手,而且后来全体出来打算殴打学生,他们起先是优势后来变成弱势,只是因为人数不占优,低估了学生们的团结,假如长期以来广大同学对食堂并无怨言,今天就餐人数再少,后果也不难想象了,恐怕被打的就不仅仅是某一个同学了。”

申主任有些不满了:“小朴啊,你这意思就是说你们都没错都不必负责了?”

朴宏远语气坚定:“正是!如果主任所说的‘你们’就是特指我和今天在场的所有同学的话,那么这次事故的全部责任应当由‘他们’负责,而且这些厨师还要公开向学生道歉,并提出今后的整改措施。”

王校长不爽朗地大笑起来:“朴老师你这个思路的确很新颖,让我打算重新思考这件事的解决了,不过你现在还没有说服我,大师傅打了学生,是不对是该道歉,可后来学生不也打了他吗?刚才咱们也看到了,他那灰头土脸的样子,这等于是两下里扯平了,对吧,学生埋怨饭菜质量有问题,可以向上汇报嘛,打砸学校的食堂又算什么行为?这也就是在学校内部,要是放到社会里,不是犯法又是什么?”

朴宏远回答:“正是因为是在学校内部,要是放到社会里,这样的食堂这样的厨师能盈利吗?恐怕连卫生合格都通不过,不用别人砸,他们自己就把自己的牌子砸了。”

王校长愣住,思忖片刻问:“朴老师是教啥课的?”

申主任忙作答:“政治,高二政治。”

朴宏远脱口而出:“我想今天的事情应该与政治无关,对吧?”

王校长表情有些僵硬,把半支烟重重地掐灭。

忽然走廊里传来一片嘈杂,林思源领着十几个男女同学在外面嚷嚷。申主任赶紧跑出去看,呵斥:“你们要干啥?校长在里面!”

同学们异口同声说:“找我们班主任!”

林思源大声问:“朴老师在哪儿呢?你们把他怎么样了?”

朴宏远在屋子里听见,心里一热,不过没动地方。王校长严肃的脸忽然笑了,他挥挥手:“小朴,有救你驾的来了,对吧,你快出去看看!”

9

徐庆是中午食堂事件的现场目击者,他从混乱尚未开始就成为了一名战地记者,播发即时消息。

徐庆在群里说:排队打饭,偶遇未来班主任朴大叔,应该是他!

王聪:我也在呢,不过我已经吃上,大叔一点儿不帅,失望啊!

林思源:昨天我度过了一个难忘的夜晚,幸好没有露宿街头。

李少谦:该!叫你过来找我们喝酒你不来。

林思源:章之林是不是喝多了?

李少谦:嗯,目前仍在床上不起,生死难测。

王聪:我都差点挂掉,也差点没进去宿舍。

徐庆:最新消息,伙夫和一个兄弟闹起来了!

李少谦:这不新鲜啊!

关宥荷:我爸爸昨天给我送好吃的来了,我免去食堂受苦啦!

徐庆:妈的!伙夫打人了!!

王聪:晕死!被打的人说是咱们班的,可我不认识他!

徐庆:大叔出场了!大叔牛叉!

林思源:怎么说?

李少谦:咋滴?

王聪:等……

关宥荷:??

徐庆:伙夫们集体出动要打大叔和那兄弟!

李少谦:咱可能又要换班主任。

林思源:你别捣乱,急等下文!

王聪:大叔雄起!

徐庆:大叔号召大家反抗!

关宥荷:顶大叔!!

徐庆:太火爆了,我不聊了,参战!!

王聪:我也参战,你们快来支援!

李少谦:马上到!

林思源:这场面我居然不在场。

关宥荷:咱们咋办?

林思源:招呼人,全体集合!

林思源放下手机，驾车直奔学校。赶到食堂的时候,发现现场一片狼藉,还有百十号学生正兴奋地大声议论着什么，像是打了一场胜仗期待开个庆功会的样子。林思源找到同班的谢国萍询问究竟,谢国萍说自己才来都不知道发生了啥,挺吓人的。两人就走出食堂,迎面碰上班长满晨。满晨问，听说是咱们班的人被打了,不知道情况怎么样?三个人就都糊涂了。女班长霍然从食堂一侧走过来,把他们叫到一边,说自己知道怎么回事,都见着了。

霍然说:“被打的是咱们班新来的学生,叫刘小彤,现在被保安带走了。”

满晨诧异地说:“刘小彤我知道，魏老师告诉我他是县中的状元,准备来咱们班的,不过还没见过面,怎么刚一来就闹出事了啊!”

林思源问:“咱老师怎么样了?”

霍然回答:“也被带走了,可能王校长也来了。”

谢国萍问:“朴老师受伤了没?”

霍然说:“好像没事,不过这次是他号召起来的,把食堂砸了责任可不小。”

林思源抬脚踢飞了一个石子:“那又怎么样，是他们先打的咱们啊!”

满晨叹息道:“这个朴老师也真够激情的，不过咱们班可真成了多事之秋了啊!”

霍然歪了他一眼说:“我倒觉得朴老师像个爷们儿。”

谢国萍问:“爷们儿们,那咱们现在怎么办啊?”

满晨说:“咱们能咋办?听学校上面的消息呗。”

林思源瞅着大家的表情说:“我认为咱们应该看看朴老师去。”

谢国萍有点儿顾虑:“朴老师是被校长叫走了,咱们现在过去合适吗?别再给朴老师惹麻烦啊!”

霍然提议说:“咱班的同学都在教室集中呢，还是先一起回去商量商量的好。”

林思源迈开步子，招呼：“好！那就走。”

满晨支吾说：“那你们先去吧，我还有点儿事。”

霍然问：“你有啥事啊？这么大的事你都不过去看看？”

满晨苦笑：“我去看看能有个屁用啊？现在的局势是老师和学校之间的事，咱们能起什么作用呢？搞不好还会添乱呢。”

谢国萍撇撇嘴：“你是班长你都不去？算了，爱去不去吧！”

满晨也不再说什么，摇着脑袋走开。他走到没人的地方，掏出手机联系爸爸。满晨的爸爸是惠林区的区委书记，工作特别忙，但只要是儿子找他，都会认真对待，从不敷衍。

满晨在电话里说，现在的11班是越来越待不下去了，魏老师被调走，新来的班主任还没见着面呢就出了大问题，肯定是不靠谱的一个，班里目前人心惶惶派系林立，实在太影响功课了。爸爸就说，既然这样那你自己有没有好建议呢？满晨考虑片刻说，听说魏老师去了市一中，要不你就想想办法把我也转过去吧。爸爸说好，那我就想想办法，你等我消息吧，还有，在转学之前不要对外宣传出去，你毕竟是班长，传出去不好听，也会让其他人有意见的，这一点一定要记住，平常怎样做现在还怎样做。满晨答应一声挂了电话，心里踏实多了，想到眼下这个节骨眼儿也确实不能跟同学们划清界限，爸爸一直教导说当干部的不该人走之后留骂名，非常对，于是就朝教室走去。

教室里已经集中了二十几个同学，正在议论纷纷，群情激奋。霍然等人赶到后，就开始商讨对策，最后一致同意，由林思源带领大队人马去校长办公室解救朴老师，并做好“兵谏”的准备，而满晨负责联络全班剩余的同学，第二波赶到，霍然和几名同学去寻找刘小彤的下落。

朴宏远从校长办公室里出来，面对的是一群陌生的面孔，但还是倍感亲切，他说：“你们都是11班的吧？我是朴宏远，你们的新班主任。”

林思源就上前拉住老师的手问：“朴老师，他们没难为你吧？”

李少谦也问：“朴老师，他们是不是想处罚你啊？”

徐庆嚷嚷：“朴老师，我看了整个过程，没你的错，我愿意给你作证！”

王聪大喊:“我也愿意作证!”

朴宏远感动地说:“没事没事,谢谢大家对我的关心啊!”

关宥荷眼泪汪汪说:“朴老师,他们要是开除你,我们大家就罢课了!”

朴宏远微笑着摆手:“不至于不至于,大家是来学习的,没必要卷入到那里面去,我这边听候学校的处置,我能面对的,大家别为我担心。你是叫关宥荷吧?”

关宥荷点头。

朴宏远又问林思源:“你叫林思源?”

林思源点头。

朴宏远扭脸到另一侧:“你应该是王聪!”

王聪用力点头。

朴宏远指着徐庆问:“李少谦?”

李少谦赶紧说:“朴老师,我是李少谦。”

朴宏远笑了:“那他就是徐庆了?”

徐庆点头:“您要是愿意管我叫李少谦,那以后就这么叫吧,我本人并不反对。”

李少谦吆喝:“那我咋办啊?”

徐庆乐:“那你以后叫章之林算了!”

王聪不满地说:“都什么时候了,你们还开玩笑,气人！”

朴宏远挥挥手："没事没事，我就喜欢这种乐观劲头，11班的同学们，非常不好意思让咱们的第一次见面就是这么尴尬的开始，其实我都准备好明天班会怎么开场了，可估计全得换词儿啦！还有就是，假如学校不让我做你们的班主任了，大家也要平静面对，毕竟这是我自己的事，与大家无关，不该耽误大家的，所以，现在你们可以回去了，你们来看望我，我非常感谢，也感动！”

林思源说："我们不走！我们要等最后的消息！”

王聪也说："就是，我们不走，我们要陪着您！”

徐庆凝重地说："刚才您在食堂里说的那句话，我觉得特别好，您说孩子们给我上出事您兜着，这是我在这儿听过的最痛快的话了，过去从来没人肯为我们兜着任何事儿，谁出了事儿都是学校批评老师不管同学看笑话，最后还得自己扛，要么就得请家长，您是为了我们大家，所以现在不能让您一个人兜着。”

关宥荷哀求："就是！朴老师，您就让我们在这儿等着吧，我们不闹还不行？”

望着这些学生坦诚而迫切的目光，朴宏远点了点头，扭身回去了。他想，不管给我什么样的处罚和决定，只要还能留任11班，就一定留下，因为这个班其实很有凝聚力，孩子们也还保持着信义情怀啊。

霍然、谢国萍和章之林刚走到学校保卫处门口，就听里面一些人胡乱嚷嚷，探头往里一看，见那个胖肚厨子正昂首在屋子中间阔步，嘴里还不停地威胁："你小子要是不给老子道歉，就甭想在惠林混下去！包括你们班主任那个姓朴的，一个都甭想好！我刚找了校长，哼，有你们好瞧的！"

两个保安掺和着说："小小年纪就敢这么闹腾，这要是放在学校外，早把你们腿给打断了！"

此外还有几个男生，嗓门儿不低地进行着抵抗。只有一个人漠然地扶着窗台，似乎在想心事。霍然估计，这个就该是刘小彤，于是打招呼："刘小彤——"

刘小彤回头看过来，不明所以。霍然瞅见刘小彤的脸上还很红肿，心里就挺不是滋味，近前了两步说："我是11班的班长，我叫霍然，同学们让我们过来看看你。"

刘小彤还没说话，保安就喊起来："你们是干吗的？没事别掺和，要不然把你们也扣在这儿！"

霍然正色道："我们是他同学，过来看看他怎么了？

就算是监狱也能让探监呢，再说他又没错。”

胖肚厨子横了过来：“怎么着？打算解救人质啊？想得美啊你们！赶紧给老子滚蛋，别让我记住你们，要不然以后甭想进食堂！”

谢国萍一听就上火了，扯了一把站在门口的章之林：“该你上了！”

章之林就大步上前，指着胖肚厨子说：“你再叫唤一个我听听！”

胖肚厨子一愣，刚要发怒，有个保安拽了他一下，低声说：“这小子是王校的外甥……”

局面于是发生了扭转，保安认为应该让同学们好好说说话，勇于解剖自己的错误，既然班干部也来了，就要采用批评与自我批评相结合的办法面对这次的问题。俩保安就到屋子外面抽烟去了，胖肚厨子原地转悠了半圈也摸出一包烟，跟了出去，之后再没有进来。

刘小彤就问：“老师现在怎么样了？会不会因为这事被处分啊？”

章之林说：“目前还没事，我刚和林思源他们联系了，班里大队人马都堵在校长办公室门口呢，朴老师应该不会有太大问题。”

谢国萍就笑：“这回可够你舅舅喝一壶的了。”

章之林无所谓的样子，一摆手说："顶多给个通报批评就完了，反正也让大伙儿出了这口恶气。"

外班的几个男生就愤愤说："说我们几个是带头闹事的，我们就不信了，怎么他们想干啥就干啥，不许学生们反抗了？刚才那个胖家伙就没少骚扰我们班的女生，还总是追着人家要手机号 QQ 号呢，什么东西啊！"

这话一出，就引发了一阵骂声。

霍然想到了什么，忽然说："咱们先别愤青了，不如现在齐心合力想办法，怎么帮我们班主任脱身啊？他要是没事了，大家就都没事了，不是吗？"

章之林就坏笑着说："我倒是有个好主意，但是先说好了，谁都不能捅出去说是我说的，要不然我舅舅非揍我不可……"

10

朴宏远走回办公室重新坐下。王校长正拿着电话，拨号，通了之后便说："孙啊，是我，有点儿事想找你商量商量，对，你来我这儿一趟，对，我就在学校。"

申主任听说要让孙校长过来商量，心里又有了谱，一屁股坐在朴宏远身边，还递给他一支烟，说道："宏远啊，来抽烟，没事没事，咱王校也是爱抽烟的人——王校，我们俩在你这儿抽根烟可以批准吧？”

王校长抬抬手：“想抽就抽！对了，小朴啊，我刚才听说你还没去那个11班上任呢，你的学生就肯过来给你救驾了？行啊你，哈哈，这人缘这凝聚力确实有两下子！”

朴宏远有点儿矜持，就借点烟的机会把回答跨了过去。

接下来的时间，话题变了，王校长带头讨论今年高考的种种可能，申主任的发言也就跟着多了，气氛趋向轻松。朴宏远猜，看来孙校长的到来能起到一种特殊的作用吧。孙校长叫孙波，和朴宏远认识，但也没啥交情，通常王校长不想拍板的事，最后都由他来出面，通常也都不是什么好事。

大约等了半个小时，孙波来了，进屋前敲了一下门。申主任赶紧站起来，察言观色说：“孙校气色不错嘛！”

朴宏远也站起身，打个招呼，又坐下。

孙波一笑：“小朴，你行啊！竟然敢号召学生把食堂砸了！”

朴宏远尴尬道：“那个倒是没敢号召，就是想吓唬一下那个大师傅。”

孙波认真地说:“你可知道那个大师傅是谁？我也不瞒你,他就是我表弟！”

这句话，让包括王校长在内的三个人都有点儿吃惊。

孙波继续说:“所以今天就是王校不让我过来,我也得过来,必须的啊！”

申主任干笑几声:“这大水冲了龙王庙，这有点儿说不清了啊,呵呵。”

孙波也点了根烟,平稳地说道:“王校,今天你得给我个政策了,怎么说我也是受害人家属一方啊,我可是来听最后结果的。”

王校长吧唧吧唧嘴:“孙啊,你这不是添乱嘛,本想让你过来说说这事怎么解决比较合适,对吧,你倒也成了事主,唉！要不申你说说看,怎么合适？”

申主任连连摆手摇头,眼巴巴瞅着朴宏远,恨不得替他主动开口认错。

朴宏远就起身说:“几位领导，不管最后学校怎么给我定论,我也不想改变自己的态度,所以现在倒不如我先告退一步,听凭发落。”

霍然带着11班的大半同学早已等得不耐烦，见朴老师走出来，都很紧张，数十双眼睛一齐审视着老师的表情。

朴宏远走近说："明天下午班会，务必全体参加。"

大家立刻绽放出笑容，欢呼呐喊着把班主任簇拥下楼而去。

朴宏远下楼梯的时候问身边的霍然："刘小彤在哪里？"

霍然回答："他还在保卫处呢，不过没啥事，有咱班两个同学护着呢。"

朴宏远就说："那咱们一块儿去救他出来！"

出了办公楼，朴宏远就是一怔，面前聚集了数百名学生，黑压压的一片，领头的还举着用床单做的标语，上书：力挺惠林最爷们儿的朴老师！

朴宏远当即抱拳大声说："感谢在场的全体同学力挺我啊！"

所有学生就大声欢呼。

朴宏远又说："不过，我也想征求下大家的意见，我们起义了我们成功了，之后呢？我们是否应该把我们损坏的东西加以修复呢？我们是否应该把我们毁坏的环境清理干净呢？"

有人就喊:“为什么啊!凭什么啊!”

朴宏远振臂说:“因为那是我们自己的东西!因为那是我们自己的环境!”

所有同学于是齐声喝彩:“好啊——”

林思源对王聪感慨地说:“咱们班主任实在是太强了!”

赶往保卫处的路上,朴宏远有些好奇地问:“怎么来了这么多同学啊?”

霍然微笑着说:“都是自发来的吧。”

朴宏远看她神色有异,便追问:“就算是自发,也得有人带头啊,谁组织的?”

跟在一旁的徐庆就说:“咱们学校有个百度贴吧,您被校长叫走的时候,就有人在贴吧上公布了这个消息,号召大家都过来声援,网络的力量啊!”

朴宏远不甘心,继续问:“那你们肯定也知道是谁干的吧?”

霍然摇脑袋:“也闹不清楚是谁,反正那个人的网名叫‘林中的忏悔者’,好像是吧?”说完了,她就扭脸看其他人。

徐庆和林思源就偷偷乐。

朴宏远多少便知道了几分，肯定是本班的学生搞出来的串联活动，也就不好再细打听，就随口问："林思源你网名叫啥？"

林思源有点儿尴尬，不过还是说了："我啊，我叫'读书不好玩'，老师你别笑，莫晓晓的网名才是最雷人的，叫'爱情本是一坨屎'，哈哈！"

师生数十人嘻嘻哈哈就来到了保卫处，接刘小彤出来倒是出奇的简单，几乎没废话，保安就放行了，人家班主任都被放出来了接人，事情肯定已经解决妥了不是？

朴宏远打定主意，就对身边的同学们说："大家现在都没事了，可以各自回去了，我还要找刘小彤单独谈谈，明天下午班会，我不希望11班出现空座。"

数十名同学吆喝着就散了，朴宏远又叫住霍然，三个人一起走向教师办公室。路上，朴宏远没再说话，脑子里回想了一遍刚才在校长办公室里发生的奇迹。

朴宏远想走，却被孙波拉住："小朴，你先等等再走，这个时候你可不能走啊！我还有话想问你。"

朴宏远索性站住，看孙校长到底要说什么。

孙波问："小朴，你能给我解释解释'教育'这个词的含义吗？也就是你在惠林中学工作这些年的切身感受是啥，作为一名任课老师，你对教育是怎么理解的？你的教育理念又是啥？随便说说，我就是想听听。”

王校长不明就里：“这可有点儿跑题啊，不过小朴不妨说说看，我也很想听听下面青年教师的心声啊。”

朴宏远略加思索，就说：“所谓教育，我觉得就是教化和培育，而不是教训和管理，学生们虽然是孩子，可首先是个有独立精神世界的个体，首先是个人，他们或许因为年龄问题尚不懂得过多的人生道理，但他们更需要也希望有人能帮他们进步，而不是多走弯路，甚至是由人为设置的弯路，那样的话，他们会越发早熟，用成人的眼光去看待学校看待老师和同学，过早的把这些对象视为一种社会，由此，他们开始努力让自己去适应这个小社会，变得圆滑、世故和工于心计，甚至是狡诈，可是，他们毕竟还只是一颗童心，这本身就是一种矛盾的残忍！而一些从事教育的人，却把孩子们的这些被动适应看作是一种天性使然，于是就出现老师和学生过不去，学生和老师对着干的这种可悲局面，但他们却忘记了自己当学生的时候，其实从一开始就是尊敬和信任自己老师的啊！”

王校长抬抬手：“小朴，你坐下，慢慢说，我也好多年没听过政治课了哈。”

申主任就笑出声,拉朴宏远坐下,还给他倒了一杯水。

朴宏远重新坐到沙发上,继续说:“我在惠林工作了九年,最大的体会就是,现在的学生变得非常不像孩子了,老师也变得不再像如父如母的长者,我是70后的,比在座的三位领导年龄都小,但我相信我们是可以有共鸣的,因为在我当学生的时代,完全不是这个样子,学校、老师、学生都不是现在这个样子,哪里有这么多的功利心?哪里有这么多的怨言和矛盾?”

申主任左右看了看两位校长的表情,插话说:“小朴的话多少也让我有点儿共鸣的啊,不过嘛,时代在进步,社会在变革,学校教育也不可能一成不变的啊!”

朴宏远摇头:“我个人认为,无论时代怎么进步,社会怎么革新,学校这块领地应该是永恒不变的一方净土,外面世界的进步能给学校带来的改变仅应该是物质的具体的,比如改善了校园环境,提升了教学设施,增加了新的知识,而不是变成物质越丰富精神越匮乏的这种局面,举个例子来说,学生在上班主任课的时候,一般都规规矩矩很少闹堂和缺席,而要是其他班的班主任来代课,情况就会不同,纪律就会有些松弛,而要是非高考科目的授课,就会更加被人轻视,学生起哄溜号的现象也非常多了,这是为什么呢? 一句话,功利心! 学生对本班的班主任尊敬,那不是真的尊敬,而是敬畏,他们敬畏的是管理者,而不是施教者,这难道不能说明现行的教育体制存在着巨大问题么?”

王校长嗯了一声说:“小朴应该去教育部工作啊,在这儿真是浪费人才了嘛,对吧,不过你有些话还是值得深思的, 别看我是校长, 按理说谈教育应该比你在行,可说句实话,我还真没那么多心思去考虑这些,原因我就不说了,你接着说吧,畅所欲言,当闲扯也行。”

孙波一直没说话,在房间里走来走去,静静地听朴宏远的宏论,他心里明白这些宏论和现实是斗不过的,但能听到这些感言, 他还是觉得很好。见王校长表态了,于是就机问道:“朴老师,我想问问你了,你说咱们以前做学生的时代,为啥没有现在这么复杂呢?老师就是老师,学生就是学生,那会儿老师管理得也很严,可学生对老师的尊重好像都是发自内心的, 这是怎么回事呢? 难道真是人心不古了吗?”

朴宏远深吸了一口气,朗然说:“还是那句话,功利心!老师骑自行车来上课,学生骑摩托甚至是开汽车来听课,老师出去吃个饭百十块钱,学生开个生日 party

动辄就是几百块数千块，在以金钱为标尺衡量人身份和成就的现实社会里，学生早就被各色关系洗了脑，他们不再相信老师是有本领有能量的人，因此从内心里也就谈不上尊重，之所以好好学习，其实都是为了以后不去当老师，而那些不必学习就能有一份好工作和高收入的学生，说白了就是在这儿混日子，给老师个面子相安无事也就成了。反过来老师们呢，不甘清贫不甘寂寞，能拉的关系就拉，能拿的好处就拿，都非常现实了，社会提倡尊师重教，可是真正能这么去做的也只有学生的家长们了，所以现在的情况就是，学生是三年一季的稻子，老师一批批地收割，老师是三年一段的梯子，学生能踩就踩，等毕业散伙，互不尊重又两不亏欠！这便是一种无奈的恶性循环。”

孙波微笑道：“朴老师的高论听完了，咱们还是书归正传吧！”说罢，从口袋里掏出一张纸来，递给王校长。

王校长展开看了看，大笑：“哟！还整成运动啦！”

申主任也走过去观看，也大笑。

孙波说：“刚才我来的时候，楼下有学生代表就拦住我，要我一定把这份联名请愿书呈交给王校，我怎敢违抗民意啊！”

王校长放下请愿书，对朴宏远微笑道:“总共有七百多名学生支持你啊,全校的三分之一左右,对吧,这说明了什么啊?如果从纯粹的民主角度来看,是不是说明了大多数同学持相反意见或者保留态度呢?”

申主任低声说:“今天是周末,很多同学都不在校的。”

王校长哦了一声说:“那好,我也不想违背民意了,估计过半数的人还是会偏向你这一方的,这样吧,我先做个初步决定,让你继续留任 11 班,明天该怎么工作就怎么工作吧,至于有什么最后的决定,我想等专门开个班子会来讨论一下,再公布全校。”

朴宏远点头:“好的。”

孙波说:“今天这事一出,我就知道了,表弟来电话了嘛,我就告诉他等消息就行,本来我想这事就不该由我出面解决,我不合适嘛,要是偏袒亲戚的话,别人就该说我以权谋私,要是偏袒小朴的话,家里人就该骂我胳膊肘往外扭,所以啊,还得请王校做主,当然,我也会表达自己的观点和态度。”

王校长就笑了:“那我就先听听你的观点和态度。”

孙波语气坚定地说:“观点很简单，学校第一就是要保护老师和学生的利益，其他都是次要的，食堂能拆,教室不能拆,厨子能换,教师不能随便换啊!我的态度也很明确，驱逐主动闹事的厨子，也就是我表弟，让他滚蛋，同时让食堂的负责人迅速提出整改措施，为啥其他学校的食堂都换成统一的餐具了，就咱们惠林中学还要让学生自备饭盆呢？我认为，但凡是保留落后的东西，那里面肯定有落后的利益存在。”

王校长连连点头：“很好，大义灭亲啊你！不过，我还是有个顾虑，难道闹事的学生都不再追究责任了吗？那算不算是纵容他们呢？以后万一有类似的事情发生，或者只要是有让他们不满的事情发生，动不动就来个起义，咱们咋办？”

孙波瞅着所有人郑重地说：“我们应该纵容学生，就像我们在家谁不纵容自己的孩子呢？”

王校长哦了一下，不置可否。

申主任一努嘴：“宏远啊，王校孙校刚才可都表了态，这是护着你呢，现在该你出场了，别总让这么多学生在外面堵着了，还真成逼宫了啊！”

朴宏远就赶忙起身，告辞向外走。

11

吃晚饭的时候，秦敏情绪不错，一直憋着笑容，眼神也嗖嗖的,似乎就等丈夫来打听。朴宏远满脑子都是学校的事,根本也没留意到什么。

秦敏于是选择在刷碗的时候,对屁股后面的人说:“哎,我今天特高兴,你想知道为啥不?”

朴宏远唔了一声。

秦敏就说:“这不是快六一儿童节了嘛,最近几天家长们普遍都很活跃啊!”

朴宏远分出一些心思来聊天:“哦!我说你怎么这么高兴。”

秦敏不满道:“你这叫什么话嘛,你也不问问我凭啥跟着高兴?”

朴宏远竖起一只耳朵说:“那我现在问。”

秦敏看丈夫糊涂,干脆从裤兜里掏出两张卡片,丢到朴宏远膝盖上。

朴宏远想,明天给刘小彤安排哪个同桌合适呢?目前全班就俩空位,一个是班长满晨坐的“凸出部”讲台边第一排,另一个就是经常不来上课的林思源的“把后门”的最后一排。按常理说,刘小彤应该去凸出部,可据霍然反映,满晨不是很好相处,刘小彤的成绩比他强,有点客大压主的劲头了,但要是把刘小彤扔到最后一排把后门,显然有点儿不够尊重新来的农村学生。还有那个林思源，听说他爸爸曾经给学校捐过资，大施主的儿子自然也就成了被公认的“自由人”，可要继续这么放任下去的话，对其他同学是否会造成不良的影响呢？朴宏远捏着卡片举到眼前观看，看了半天才辨认出这是两张超市代金卡，标价都是200元，于是佯装赞叹道：“这么多啊！”

秦敏欢快地说：“我也不管了，虽然单位里明令禁止收受家长送礼，可别人都收，那我干吗不收？这只是开头，我估计还能收个十几张啊！”

朴宏远就说：“那以后天天可以吃炖肉了啊！”

秦敏不屑道：“瞅你这点儿追求吧！我决定以后逐步提高咱家的生活水平了，明天我就带丁丁去逛逛超市，买点儿海鲜回来吧。”

朴宏远继续想，新官上任三把火，不如重新排一遍座位，重新选举一次班干部，重新制定一下班规，不同的学生不同的对待和引导，就不信不能扭转班风，接下来，争取在放暑假前开个家长会，只要学生认可家长支持，我就豁出去玩命干一年了！于是他回答妻子：“好啊，我要吃螃蟹！”

星期一的早晨阳光温和，朴宏远打着哈欠兴冲冲地走进办公室。屋子里零散地坐着几个班主任,有 1 班的肖安,6 班的任静新,15 班的吴则刚，还有一个叫不上名字来,有的吸烟有的喝茶有的啃食早点,一派温馨景象。朴宏远分别打过招呼,就在自己的桌前坐下,望着面前的那盆文竹出了会儿神。胃必治现在的局面也不知道如何了？想必应该是志得意满，舒畅得不得了吧。

吴则刚忽然抬起头说:“朴老师,你厉害啊,我这才刚听说昨天的事。”

任静新似乎就等着有人先开口，连忙说:“听说王校都惊动了，小朴你现在情况怎么样啊？不会给处分吧？”

朴宏远摇头:“这个我也不清楚了，学校暂时还没给决定。”

肖安自言自语说:“以后别那么激情四射了嘛,为个学生犯不上把自己也搭进去,学生都是白眼狼,等毕业了谁还记得你啊。”

吴则刚就笑:“也不能那么绝对，这回这事儿没准能让学生们记两年的呢。”

朴宏远说:“学生们肯定是高兴的，也算有点儿意义吧。”

任静新慨叹道:“他们高兴有什么用哎！你还没上任呢就出了这么档子事,以后做事可要谨慎了,要是学校真给处分的话也够你吃一壶的了,哎?小朴你可以找找申主任啊,求他帮你跟上面说说情,怎么说也是他保举你的啊！”

肖安赞同道:“我看行, 现在能帮你的也就是申主任了,他是王校的红人嘛,说话肯定管用,你要是自己都不主动求援,这个时候别人又怎么会帮你?该跑跑腿就跑跑腿,该表示一下就表示一下嘛,不丢人。”

朴宏远解释说:“王校的意思是让孙校拿主意,孙校好像还是肯为我讲话的,我还是老实等结果吧。”

任静新看看另外几个人, 隐晦地一笑说:“姓孙的肯帮你? 你也信? 被打的可是他表弟,你以为他当你面的时候会说两句正义的话,背后就不给你捅刀子啦?想当初老魏在的时候,姓孙的明明答应了让他接 1 班,这是惯例啊！没人不服气的,可结果呢? 结果这个 1 后面又给加了一竖,变 11 了,你说这叫什么事啊!类似的事情多了,全校有几个人能说他的好?不信你问问老吴他们吧！”

吴则刚讪笑道:“静新还是少说两句吧, 咱们背后讲领导的坏话总归不好,点到即止吧！”

任静新不屑道:“老吴你就是个老好人！姓孙的把体育班丢给你,也就你能忍气吞声！”

吴则刚轻轻地反击说:“我带什么班都无所谓的,反正又不多发一毛钱的工资,好班有好班的难处,差班有差班的优势,不操心不费力的多好?静新到底还是年轻几岁,火气旺啊！小朴可能还不了解,当初静新原本打算去2班的,资格也是有的,结果孙校就是没同意,他气不过呗！”

任静新被揭了底,有些不快,转头对肖安说:“老肖你可是孙校长一手提拔起来的,最好的班也给了你,难道就从此俯首帖耳了吗？你不是私下里对姓孙的也有意见吗？说说啊,别让小朴同志被蒙在鼓里。”

肖安含糊道:“我什么时候有意见了啊？领导是领导嘛,又不是圣人,咱们也别要求得那么完美对吧？对了小朴,你们班上是不是有个叫莫晓晓的丫头?我听说她可是够疯的,你真得看紧点儿,别再来个全校通报批评,你当班主任的也脸上无光嘛！”

吴则刚接茬道:“现在的丫头们都疯，小朴别被腐蚀了就行哈！”

朴宏远嘻哈几声，也就不再接茬，收拾收拾备课本,等候铃声。

上午有15班的一节政治课，朴宏远走进这个体育班一看，气就不打一处来，全班近半数都没到，给面子来听课的也都是无精打采，东倒西歪，像是一群宿醉后的家伙。朴宏远本想问问班长，后来一转念，还是算了吧，幸亏没让自己带这个班不是吗？人啊得知足才会常乐。

于是他就照本宣科，自己都不知道讲的是啥，反正现场也挺安静的，算是最基本的尊重了。可惜好景不长，这份安静持续到后半节课就消失了。先是一个男生放了个响屁，掀起了一场哄笑，紧接着有人唱了一句“我要飞得更高”，就引发了闹堂。

朴宏远于是采用一贯的老办法，“一静二吼三上诉”的第一步：以静制动。可是自己静了半天，也没人在乎他，同学们谈笑风生视他为空气。正要采用第二步，可还没等把气运上来，就见一高个子男生晃着肩膀打着手机出去了，嘴里还说：“你等等啊，这里乱，我找个安静地方和你说！”

朴宏远就怒了，直追出去，追到楼梯拐角，才抢下手机。

那男生倒挺平静，彬彬有礼地说：“朴老师，我知道你现在是 11 班的老大,11 班的同学我认识不少,所以我得尊敬着你,我上课打电话是不对,可我也没在课堂上打啊,我这不是出来打了嘛,所以,你得让我把电话打完,我这也是很重要的事。”

朴宏远说:“你未经允许就出来, 还说屁的尊敬我啊,行了,我让你把电话打完,不是很重要的事吗？好,等你打完了,手机没收两周！”

那男生不屑地接过手机,背过身去讲:“喂,你听见没,为了和你通电话,我都被朴老师批评了,批评得很严重,我心情很沉痛,呵呵,还要没收我手机半个月呢,我个苦逼啊!你别笑啊,对了,你现在在哪儿呢?我想你了啊……”

朴宏远等他胡说八道完了,一伸手:“拿来吧。”

那男生倒也痛快:“给你给你。”

朴宏远收起手机,看他要走就问:“你叫什么？”

“陈志威！”对方头也不回,吹着口哨下楼走了。

中午时分,朴宏远心生好奇就溜达到食堂,发现大门被封了,门口还贴着告示,上写:内部整顿,广大同学近期可外出就餐,敬请原谅!

朴宏远小有感慨,砸了食堂倒也毁了午饭不是?刚一转身,就见李少谦侧目匆匆走过,显然是看到了自己但没好意思上前亲近。朴宏远就主动打招呼:“少谦——”李少谦就停住,矜持地笑了一下说:“朴老师,您也来打饭啊”朴宏远故作失望地说:“是啊,早知道这样昨天就不把这儿给砸了,你这是打算上哪儿觅食啊?”李少谦胡乱地一指说:“我们平常都是绕到学校后面去吃,后面小吃店不少呢”朴宏远翻起白眼儿问:“后面?这要是绕到后面不得走半个小时啊?”李少谦笑了笑说:“我们其实都是钻狗洞出去。”朴宏远就说:“噢?那你可得带我看看去。”见学生有些顾虑,朴宏远补充说:“你放心吧,我不会出卖你们的。”

两人聊着天来到学校后面的围栏下,围栏旁是绿地,间隔几米就有一大簇一人多高的乔本植物,零星地盛开着一些不知名的花朵。朴宏远张望着问:“狗洞呢?我咋没看到?”李少谦再次顾虑起来,支支吾吾地说:“朴老师,您真的不会向上汇报给学校吧?我们可就剩下这一个狗洞了,要是再被封死,大家肯定都得骂死我。”朴宏远一拍他后背命令:“少废话,赶紧带路!”李少谦就悲壮地引班主任来到一簇植物前,说:“就在这后面。”朴宏远走过去拨开花树,发现这截围栏上少了一根钢筋,刚好能让一个人从中穿过。朴宏远就钻了出去，围栏的另一侧也是同样的花树，外面还真看不出来。

朴宏远一钻出来，就迎面撞上王聪和另外一个女生，两人手里拎着食物嘻嘻哈哈地过来，还不时地东张西望，显然也是打算从此处返回。朴宏远就大声说："这回可抓住你们了！"俩女生几乎是惨叫了一声，吃惊地注视着从天而降的班主任。李少谦也钻了出来，尴尬至极地说："不赖我啊，朴老师逼着我来的。"朴宏远说："都过来，让我看看你们都买了啥好吃的。"俩女生只好凑合过来，分别撑开自己手里的塑料袋请老师查验。朴宏远就从王聪的袋子里捏出一个小丸子，丢进嘴里吃了，然后点点头，又从另一个女生袋子里抻出一串烤面筋，挑到嘴里像牲口一样大嚼大咽，随后望着目瞪口呆的学生挥手说："你们可以过去了！"

李少谦陪着班主任把守在狗洞前，不断勒索返航的本班同学食物，后来竟然慢慢吃饱。李少谦明白过来就哈哈大笑，称赞老师"非常无耻"，朴宏远也赏识李少谦的"很下流"。

11 班的群里就传出了消息：朴老师带着李少谦在狗洞后面拦截过往学生，敲诈食物，勒索水果，手段极其残忍，望广大同学留神自己的午饭，最好能藏在身上！

下午的班会定在最后两节课，朴宏远之前也不到班上走动，或者潜伏在窗户后面窥视。他看时间还早，就去找了孙校长。

孙波正坐在办公室里看一堆图纸，听了朴宏远的汇报之后，立刻让他带路去看狗洞。看完了，孙波就有点儿担心地说："学生就近外出可以理解，可要是外面的杂人也从这儿混进来，那就是重大隐患了！"

朴宏远说："正是啊，所以才把你请过来，这是我刚从本班的学生嘴里套出来的秘密通道，不过我也不想出卖他们，更不想让学校把后面彻底封死，那样的话，学生外出吃饭就太不方便了。"

孙波点点头："这个我去解决吧。"

朴宏远客气地说："小事总麻烦校长出面，多包涵啊。"

孙波认真地摆手说："这可不是小事，就算是小事你也别和我客气，多数老师都极少关心学校的这些细节，自己家纱窗上少了一个孔都清楚得很，而学校围墙上多了一个大窟窿就完全不在乎了，以前听说别的学校有歹徒半夜潜入女生宿舍的案子，咱们不可不防啊！"

朴宏远点头，陪孙校长往回走，偶然想起了件事，就问：“孙校，你当初为啥要把 11 班给魏老师啊？以他的能力应该是去带 1 班和 2 班的啊。”

孙波停下步子，苦笑道：“不瞒你，我当初也是觉得他有能力，既然有能力干吗不去带差一点的班呢？可能我的想法也是有点儿天真了，让老魏一直耿耿于怀，私下里另谋去处了啊。”

朴宏远若有所思：“行，那孙校没事的话我就先走了。”

孙波哦了一声，看着朴宏远慢慢小了的背影不禁想，这个人其实和我是一样的人啊，所谓“情怀”二字，总会在与现实的格格不入中显得孤立无援的天真，不知道像我们这种微弱的力量，能否拯救一个小小的惠林中学……

12

钟声响起，11 班教室里一片肃静。满晨回过身张望了一下，就问后排的章之林：“哎，怎么莫晓晓还没到？”

章之林低声说：“我也不清楚啊，就差她一个人了。”

林思源低头按着手机,在群里说:呼叫莫晓晓,莫晓晓你干吗呢,咋还不回来?马上要开班会了,你不想混了?

莫晓晓在线:马上就到!王校长在大门口守着呢不知咋的,我现在奔后门了。

林思源:赶紧着吧!

徐庆拉开了嗓门儿发问:“朴老师咋还没来啊?难道是忘了班会?还是又被校长叫走了?”

这个时候,霍然的手机忽然振动起来,拿起一看,有些吃惊:“是朴老师!”

全班都听见了,一起说:“接啊!”

霍然接通:“喂?朴老师……噢!好,行,我马上通知大家!”

数十双疑惑的眼睛就盯住霍然。霍然起身广播:“朴老师让大家现在都去操场集合!”所有人就都好奇起来,纷纷往外拥。林思源走在最后,赶紧联系莫晓晓不要来教室,速奔操场。莫晓晓骂街:“妈的真背啊!狗洞被堵死了!”

操场正中央,站着 11 班的班主任朴宏远,他远远望着学生们走来。孩子们朝气蓬勃,青春洋溢,这是一股让人着迷的气场。朴宏远心里忽然很感慨,想,一年后,他们也会这样离开的,越走越远。

学生们走到距离班主任五米左右的地方,都自发地停下来,满晨连忙发号施令,叫大家按照体育课的队列排好。朴宏远阻止了,他笑着说:“这不是教室,也不是体育课,这是户外活动,大家都随便点儿的好,来!全体坐下,围成个圈吧!”说完,他就第一个坐下了。

学生们就呼啦啦围坐下来,每个人的表情都很兴奋,期待即将发生的事情。莫晓晓老远看到了,慌慌张张地绕到朴宏远背后的方向,鹤步靠近,吐着舌头挤在两个女生中间坐好。

朴宏远拍手说:“好!11班全体到齐!现在开始我们的班会。首先我来做个自我介绍啊,我叫朴宏远,朴是朴素的朴,注意,不是朝鲜族用的那个‘瓢’字音,宏是宏伟的宏,远是遥远的远,以后不许叫错,谁叫错我和谁急!”

同学们就笑。

“要是谁嫌我的名字叫着生硬,不够亲切,也可以叫我老大!”朴宏远见同学们又笑,就笑笑说:“可以笑,但我要告诉你们每个人,从今天起,只要你还是11班的人,你就有老大罩着了,咱们生是11班的人,死是

11班的鬼！”

同学们鼓掌。

“我的主课是政治，但是要等到下学期我才能和你们现任政治老师对调，所以从今天开始我就是你们的班主任了，但还不算是老师，我上课有上课的纪律，很黄很暴力，因此你们该庆幸还能过几天安稳日子！”

又是一阵笑声。

“我来之前，有人曾经告诉我，说11班不是好班，我就纳闷了，厕所分男女，班还有分好坏的？一个班就是一个集体，一个家，我敢说，只有不好的老师，没有坏的班和不好的学生！”

掌声大作。

朴宏远盘着腿，像个下肢残疾的人一样双臂支撑在地换了个方位，对另一侧的学生问道：“11班以前的班训是啥？”

几个学生就笑嘻嘻地看着地上的草，不说话。

朴宏远很有把握地说：“瞧！一定是个让人不好记的班训，或者就是说出来都让人没面子没脾气的班训！”

满晨一旁说：“报告老师，以前是魏老师……”

朴宏远挥手打断：“怎么这么快就忘了我的称呼？”

满晨有点儿尴尬，只好说："报告老大(惹来一片笑声)，以前是魏老师制定的班训，团结进取，拼搏向上，勇争优秀，放眼未来。"

朴宏远打趣道："怎么和我上学的时候是一样的啊，你不说我都想不起来了，我做学生的时候，就觉得这个班训挺失败的，特让人没脾气。"

满晨也笑了。

朴宏远说："现在我来提一个新班训，大家要是赞同，就给点儿掌声，要是无法接受，就吐口唾沫啊，好，别笑了，仔细听——11班，不出笨蛋！"

掌声叫好声就连成一片，有人呼叫："老大我们挺你！"

朴宏远继续说："我得解释下什么叫作笨蛋，笨蛋不是说智商低的，也不是说脑子慢的，更不是说成绩惨的，而是那些不懂得珍惜自己的人，不懂得珍惜自己的青春，不懂得珍惜自己的荣誉，更不懂得珍惜自己的这个集体！"

这次，同学们都不再鼓掌和欢呼，而是怔怔地听着。

朴宏远说："我讨厌不懂得珍惜的人，讨厌自以为是的人，讨厌随随便便的人，讨厌连自己都不尊重的人,这样的人就是笨蛋！我不喜欢讲大道理,也不喜欢听小报告,从现在开始,如果有谁在我面前说别的同学的坏话,那我就该给这个人讲大道理了(一些轻微的笑声),下面我来说说11班的新班规。”

徐庆插话问:“老大,那我们以前的班规怎么办？”

朴宏远回答:“等你听完了新版的,就自己瞧着办吧！”

全班大笑。

朴宏远从裤兜里摸出一张钞票,看了看说:“晕!不是这个,拿错了！”全班又笑。再摸另一个裤兜,终于拽出一张纸来,他看见霍然掏出本子和笔,赶紧制止:“不用记,用心听就行！”

11班的“七条班规”至今都在全体同学心中刻着,终生铭记:

第一条:你们都是独生子,所以全体同学就是你的兄弟姐妹。

第二条:你们之间不存在竞争,要竞争就给我出去争,要在班里竞争的也给我出去。

第三条:你们即将失去一年的自由,但人生中能有这种失去自由的机会并不多,不懂的自己想去。

第四条:男女生不许搞对象,男生和男生更不许,你们未来的对象一定在某个地方等着你,等着优秀的你出现。

第五条:抽烟的要戒掉,因为考场里不让你抽,你会很痒痒。

第六条:把与学习无关的东西带进教室,就等于是把病毒带给健康。只要被我发现,不没收,不批评,直接毁了,你还得微笑鼓掌。

第七条:59 名同学加我就是整 60 人,再来一个咱不收,少一个全体都伤心,所以上了 11 班这条贼船,就得死了当逃兵的那个心。能把 11 班拆散的只能是一件事——有人把炸药和打火机带进了教室,但是第五和第六条已经消除了这个隐患,所以 11 班是拆不散的,是可以传奇不朽的集体!

朴老师念完了,同学们都瞪大了眼睛,充满憧憬地鼓掌。

朴宏远环视着问:“这七条班规已经发布了, 谁有疑问现在赶紧提,否则就再不给机会了,违背班规的人将受到全班的鄙视，要在全班做检讨，要获得全班的原谅才能通过，要写进 11 班的历史里去！现在谁有疑问？”

王聪举手说：“老大，我不是提疑问，我没疑问，我都赞同！我就是想说说自己的感想，我觉得吧你这个老大实在是太好了，刚才我听着听着都有点儿幻觉了，怎么就像电影里才会有的那种集体啊？我是做梦都想加入这样的集体的！”

朴宏远笑道：“我听出来了，你这不是拍马屁，同时我也正式地告诉你，你已经加入了这样的集体。”

大家都笑起来，有人说：“王聪说的也挺好，是这么回事。”

满晨举手说：“老大，你说不要在班内搞竞争，那以后考试还排名次吗？我觉得只要有排名，就会有竞争，就算表面上不说。”

朴宏远回答：“不排名了，只公布分数，我会把其他班的成绩排名找来，你们去和他们比，看自己在别的班排第几吧。”

林思源站起来问：“老大，我就想问一个事，你说要让我们失去一年的自由，那具体是怎么说？不让请假了都？”

朴宏远详细地说："每个月大家每人都有一天假，是事假不是例假，别笑啊，如果有人想要两天假，那就自己找同学去帮忙，是借是要你们私下商量，打个比方说，假如有人要请假60天，那他等于是把全班的假期都用光了，当然了，一个月也没60天啊。我昨天夜里已经给你们准备好了请假卡，一共60张，也包括我在内了，从6月1日起每人领一张，谁想请假就凭卡来找我，没卡的免谈，我要是请假，也会和大家说。"

林思源想了想，就坐下了。

章之林举手说："老大，我也有个疑问，先说好了谁都不许笑啊。"

朴宏远说："那就先让我们笑一会儿你再说。"

大家就乐。

章之林显得有点儿紧张："老大，你说不让搞对象了，要是已经搞上了的哪？是不是还要拆开啊，是不是太残忍了？"

朴宏远解释说："第一条班规已经说了，大家都是兄弟姐妹，你认为能和自己的兄弟姐妹搞对象吗？我本人也认可纯真的感情，早恋之类的话都是扯淡，谁没经历过呢？"

有人喊："老大，你高几的时候恋过？"

“我高几?我初二就迷恋上一个女生了!(哄笑和口哨声)不过我的意思你们要明确,能把感情埋藏在心底的人才是了不起的人,让这份感情埋藏发酵得越久,就越珍贵,当你们自己都知道自己长大了的那一天,就可以表达出来。”

有人喊:“老大,你啥时候表达的啊?”

“我啊?我上初中的时候喜欢过一个女生,当时就想上了高中就告诉她,可等我上了高中,发现自己以前太幼稚了,我根本就不该喜欢比自己高大的女孩啊!(哄笑)所以高中的时候就换了个目标,想等到高考完了就表白,可高考完了她没考上,我就知道我们没有未来,我要的恋人应该是和我一起上大学的,后来上了大学,我发现了我的真爱,想等到毕业前一定要表白,可惜那个女孩早就和别人好上了,(笑声和叹息声)不过后来我也不后悔,因为她随随便便就去和别人同居,肯定不是我需要的女人,于是当我参加工作后,终于知道自己到底想要的是什么样的老婆,于是就找到了就结婚了。所以,我要让大家明白,真正的感情是可以埋藏起来的,等待时间的考验,我不认可眼下这个快餐时代,人要是把感情都当快餐来吃,那么一定也是垃圾食品。”

章之林点点头表示认可，正想再继续说下去，话头却被别人抢走。

关宥荷问：“老大，你说不能带与学习无关的东西进教室，那都包括什么啊？手机算不算？”

朴宏远想了想说：“手机可以带，毕竟万一你们的父母有急事找你们的话，不能耽误了，但是上课前都必须交给我保管，有事我会帮你们转达，下课了再给你们，至于其他与学习无关的东西，我想不用说你们心里都清楚是什么。”

李少谦喊：“老大你不会搜身吧？”

朴宏远答：“既然你提出来了，那以后我会专门搜你的身。”

同学们放声大笑。莫晓晓忽然站起来说：“老大，你为啥让孙校长知道后面狗洞的事啊？现在被封死了！”

13

朴修田步行了近一个钟头，才来到惠林中学门口。门卫隔着栅栏门打量他，问找谁，朴修田就说找校长，门卫不大信，就一指不远处的王校长说，那位就是我们校长，我看他好像不是来迎接你的啊！朴修田张望了一下说，那你把他给我叫过来吧！门卫懒得理，索性挪步到一边去了。

朴修田起了火，骂道："老子当年盖的学校！如今竟然不让老子进去了！"

王校长就听见了，朝这边走来。

门卫赶紧吓唬朴修田："你赶紧走吧，别给我惹麻烦！"

王校长喊了一嗓子："哟——这不是老校长嘛！"

朴修田就哼哼了两声，拿眼睛抓门卫。门卫见势，急忙打开侧门，请老朴进去。王校长已经大步迎了上来，出双手和老朴握手，嘴里还不停地寒暄，寒暄完了，知道老朴也没啥事，就是过来看看，也说不上扫兴，执意邀请老校长去办公室喝茶叙旧，可是腿却不迈步。老朴想，这家伙肯定另外迎人呢。

俄顷，一辆黑色奔驰车开到门口，门卫迅速启动电动大门，放那车进入。王校长就笑眯眯站定，等车上的人下来，才快步奔过去热情握手。老朴也懒得细看，又听不清楚他们胡说八道些啥，索性朝办公楼方向溜达过去。

面对莫晓晓的发问，朴宏远一时有些局促，后来干脆摸出手机打给孙波,同时打开免提。

孙波问:“小朴你找我啥事?”

朴宏远说:“孙校长啊,你咋把那个窟窿给堵住了?”

孙波:“是啊,这是安全隐患啊,不堵怎么放心?”

朴宏远:“可是近期学校食堂不开,你让同学们上哪儿吃饭去啊?就凭大门口那几个煎饼果子摊?难道里面还有你的股份?”

孙波:“当然不是啊!你放心吧这个我早就想好了。”

朴宏远:“报告孙校,我现在是和 11 班全体同学一块儿听你说话呢,所以你必须给个明确答复。”

孙波一愣,笑着说:“就你他妈事儿多!”

学生们听见了就都哧哧笑。

孙波继续说:“小朴,我不会让你为难的,你是为学校好,也是为同学们方便,我当然得支持啦,所以啊,窟窿是该堵的,可是我又在附近开了个新门,现在正加紧施工呢,让一个保安守着,以后三餐时间都开放两个小时,你问问你们 11 班的同学这样行不行?”

朴宏远环视了一下说:“大家给孙校长来点儿掌声吧!”

“不用不用！”孙波在掌声里说，“顺便还要给你打个小报告啊，我刚让人把一段围栏焊开，就有个小女生跑进来了，就是刚才，还是你们班上的，说赶着去参加班会，我还没细问呢她就跑了，小朴这是怎么回事啊？你得找她问问，啥时候跑到学校外面去的？”

朴宏远盯着莫晓晓回答：“啊！这个事情我清楚，是我派她出去的。”

孙波狐疑：“真的假的？”

朴宏远赶紧关闭免提说：“真的真的！孙校你先忙啊，我们还得继续班会。”

在学生们的哄笑声中，莫晓晓有些不好意思了，拔起一根草叶，在手指间转着看。朴宏远拍拍屁股站起来，招呼大家准备重新排座次。学生们一听，都挺兴奋，暗地里还希望这个开明的班主任能让他们自由选择同桌，于是自发地按性别分成了两拨儿。

朴宏远马上宣布了三点要求：“第一，文科班女生稍多些，所以每个男生的同桌必须是女生；第二，不可以选择关系好的人当同桌；第三，不可以选择成绩接近的人当同桌。”

听完了这三点要求，59 名同学傻了二十多对儿，都愣在了原地。朴宏远就让霍然站出来打破僵局。霍然

瞅了瞅扎堆在一起的男生，就说："那我选林思源做我的同桌，应该完全符合老大的要求。"

林思源咧着嘴说："我可以拒绝不？"

朴宏远正色道："在舞会中拒绝女士的邀请是不礼貌的，所以林思源如果想当一名绅士的话，拒绝无效。"

林思源垂头丧气道："那我就从了她。"

没有人能想到，在此后的一年时间里，林思源和霍然竟然相处得格外融洽，互助互信，还经常用"我们家那口子"戏称，成为友谊典范，直到毕业后都在感念当初朴宏远的"强媒硬保"。这自然是后话了。

趁着同学们说笑，徐庆用手指着自己的鼻子朝女生堆儿里的王聪打招呼，不料却被班主任发现。朴宏远就对满晨说："女班长已经出击了，咱们男爷们儿也不能落后啊！满晨，你来选同桌吧，记住要凭良心遵守那三点要求。"

满晨点头，直接就说："我选王聪！"

王聪几乎要昏倒在地，心里说，全班最闷骚最狗腿子的家伙居然让我和他同桌，不会搞错吧？可是又不敢激烈反对，只得乖乖地走到满晨身边，含糊着说："以后多关照点儿哦。"

朴宏远想，满晨这个区委书记的儿子果然厉害，竟然洞察了我的意图啊,这该算是默契呢还是无奈呢?

有了两位班长的表率作用,接下来的捉对工作就变得容易许多,朴宏远按照昨天霍然事先提供的一些情报,把全部的男生都分配出去了。于是幸灾乐祸的哄笑声和无法面对现实的尖叫声不时响起,所有人都有一种史无前例的亢奋感。最后就剩下几个女生了,莫晓晓也站在这堆人里,大眼瞪小眼地巴望着。

朴宏远说道:“优秀的总是留在最后,这几个同学我可就随便安排了啊,估计她们也都会积极配合的,谢国萍、莫晓晓你们两个先出来!”

很多人暗地里就想,不是冤家不聚头啊,老大莫非要让这两个死对头同桌?

谢国萍和莫晓晓离得很远站着,都不高兴地盯着地面。朴宏远瞧了瞧,笑了,说道:“我提议先做个游戏,现在谁身上带着手绢或者丝巾呢?反正能蒙住眼睛的就行,对,把她们俩的眼睛先给遮住(有两个女生就笑呵呵地跑过来,拿丝巾把她们眼睛蒙住),现在我要搞一个人体‘多米诺骨牌’,请两位壮实点儿的男生过来,站在她们俩身后,等一会儿听口令,她们向后倒下,你们就好好地接住,记住,她们是完全信赖身后的人的,你们可不要辜负了这份信任,如果摔着谁,我可要发飙的啊！”

朴宏远走过去，拉着莫晓晓转了几转，又拉着谢国萍走了几步，各自就位。

满晨喊：“1,2,3,倒！”

莫晓晓和谢国萍毫不犹豫地向后倒下，嘴里还尖叫着。当她们倒在别人身上的时候，都不约而同地扯下丝巾张望，发现竟然是谢国萍倒在莫晓晓怀里，而莫晓晓倒在了班主任身上，三个人都摔在草地上。

谢国萍拉起莫晓晓说：“压着你了，不好意思。”

莫晓晓一笑：“要是不让我也倒，就能接住你。”

朴宏远躺在地上说：“我一个人实在接不住你们两个啊！”

俩女孩就笑着把班主任拉起来。朴宏远揉着胯骨说：“刚才莫晓晓说她能接住你，我不信，要不你们俩就试试看。”

莫晓晓大大咧咧地说：“试试就试试呗！”

谢国萍说：“这次你来倒，我接你！”

莫晓晓同意，站到谢国萍前面，又不踏实了，回头说：“你可真得接住我啊！”

谢国萍说：“你就倒吧，放心！”

伴随着口令声，莫晓晓一狠心一闭眼就直挺挺地向后倒下，几乎把谢国萍撞了个跟头，不过还算被稳稳地接住了。就在那不到几秒钟的时间里，依靠这种最简单的身体接触和信赖，让两个曾经敌对的人忽然意识到对方原来也是可靠的，这种体会迅速在两个人心中游荡，竟然有一股说不出来的感动。

满晨低声对新同桌王聪说："老大这招我见过，是从 MBA 培训教程里学来的，让人信任自己的团队和搭档。"

王聪却说："不过我觉得咱们老大更有创意。"

已经不必朴宏远再说什么，莫晓晓和谢国萍就手挽手站在了一起，后面的几个女生也都如法炮制，各自结组。最后只剩下贫困生詹翠爽一个人单蹦儿站在原地发呆。

朴宏远说："好了，大家都有新同桌了，包括我。"说着，就站到了詹翠爽的身旁。

詹翠爽在当天的日记中写道：今天是我最幸福的一天，我们全班的老大成了我一个人的同桌。

解散的时候，满晨再次和爸爸通了电话，问他转学的事情进行到哪一步了。爸爸说已经联系一中的校长了，打算在都方便的时候约见一下，你成绩这么好应该问题不大，只要他一点头你就能立刻过去。满晨沉吟片刻说,是这样啊,知道啦。爸爸听他话里有话,于是问,你怎么了?是不是又犹豫了?满晨就说,你先别着急见一中的校长,再等等吧,我也再考虑考虑,等我考虑好了就告诉你。

朴修田在校长办公室坐了好一会儿,也没人请喝茶,正想溜达出去看看,王校长刚好陪着客人进来了。王校长见老朴还在,不得不介绍一下。

老朴摆摆手:“你们谈你们谈,我耳音背,听不清楚叫啥,省得叫错了就不敬了。”

不料来宾忽然大叫一声:“朴老师!”

老朴心头一颤,仔细辨认过去,当即脱口骂道:“林栋梁你个王八蛋!你还记得老师我啊!”

林栋梁几乎是扑过来,眼泪汪汪地说:“老师啊!您还记得我啊!”

老朴喃喃道:“我咋能不记得你呢,你是我带的第一班学生,想当年是出了名的捣蛋鬼,临毕业的时候你还给我磕过头呢。”

林栋梁仿佛瞬间变成了一个毛孩子,搀扶老朴坐下,自己则蜷缩在老师腿旁蹲着。王校长看了,非常意外,又异常高兴起来,连连赞叹师生重逢、感慨岁月如流啥的，后来发现自己成了局外人，干脆去端茶倒水了。

林栋梁是被王校长请来商量投资的事的，惠林中学有意开个民办分校，位置图纸都画出来了，集成了高考补习班、艺考辅导班、国际合作班等等乱七八糟的一堆项目，为的是用惠林中学这块准一流学校的招牌，还能招徕点挣钱的生意。林栋梁对教育行业一点儿都不懂，但凭商人的灵活头脑，还是嗅到了一丝商机，再加上和王校长也算老熟人了，不好推辞，就先过来做初步的意向交流。

师生二人东拉西扯，就扯到这个话题上，朴修田不免有些感慨地说："当年的惠林那可是好学校啊，不止是区唯一重点，还是市里排名三甲的中学呢，想不到现在都沦落到开始卖牌子的地步了，不晓得这样卖下去，惠林往后还能值几个钱，是不是最终会变成一所技校？学厨师到惠林，学汽修到惠林。"

王校长耳朵可不背，赶紧打岔转移话题，就说起另一个巧合来。老朴的儿子小朴现在就是老林的儿子小林的班主任啊，这难道不是一段师徒世家的人间佳话嘛，子承父业，一代更比一代强啊。老朴和老林听了，都不认为自己的儿子会比自己怎么强，但也都挺高兴，连连点头。

由于师生的意外会面,基本打乱了事先的安排,王校长和林栋梁也都心存默契,绝口不再提啥分校办学的事,双双来哄老爷子开心。朴修田可不是来闲逛的,他是有使命在身的,惠林食堂事件他也听说了。

中午的时候老朴在小区楼下遛弯,正碰上何士英在附近遛狗,何士英就赶紧把情况告诉了他,寄希望于老校长的出面能减轻朴宏远方面的压力。何士英像拿着麦克风发言一样扯着老朴的助听器,滔滔不绝地把事情的前因后果说了,老朴很受“女光棍”的震动,当场就急了,这种事要是搞不好,儿子失业都有可能,于是回家思索了三个小时,鼓起斗志,决定亲自出马去见见学校的现任领导,倚老卖老,说不定也能出个奇效。

奇效还是真出了。王校长说,小朴错误不小可还算情有可原,不过自己现在所处的这个位置还真是犯难了,就算不给小朴处分,可是食堂公共设施的损坏确实是不小的,啥都不说就过去了,以后就没法管别人了。林栋梁就问,损失能有多大?王校长昂首算了一下说,损失加后期修缮改造,怎么说也得50万,学校现在是真拿不出这笔钱来啊!林栋梁想,老王啊,现在讲暗箭易躲明枪难防,你这是趁火打劫地明抢啊!不过既然已经走到这关口，总得摆个姿态出来，所谓既来之则掏之。

林栋梁只得无奈说："这个钱我可以出，这不止是帮自己老师的儿子，还是帮自己儿子的老师呢，也算帮王校长一个忙吧。"

朴修田就问："栋梁你现在挣多少钱了，还有数不？"

林栋梁回答："差不多有10个亿了。"

朴修田纠正他的用词："10亿就是10亿，干吗要说10个亿？现在的人啊动不动就非要突出这个亿字来，好像多么的不得了，你们谁听说过10万非得说成10个万的？那不是笑话嘛。"

林栋梁想了想说："也是啊！您不说我还真没仔细想过这事，还是老师说的对，以后我再也不这么说了，嗯，如实说，我现在总资产9亿多。"

朴修田点头："拿出50万捐给食堂不心疼吧？"

林栋梁摇脑袋："不心疼不心疼，您就是让我掏500万我也不心疼，只要您说话。"

朴修田听清楚了，就说："500万我都该替你心疼了，对了，王校长啊，干脆你把那儿改名叫'栋梁食堂'吧，也算给我这冤大头学生找回点儿平衡来。"

王校长哈哈大笑："没问题没问题！这名字也好！"

资金到位很快，一周后，惠林中学最大的学生餐厅"栋梁食堂"开始正式运转了，在原有设施的基础上，更换了全部桌椅，添置了10台大屏幕液晶壁挂电视，增加了冷气机，餐具也换成了标准的份饭盘，学生只需带着饭卡和食欲进去就行。

林思源也来吃饭，东张西望地打量着这座以其父亲名字命名的餐厅，似乎颇为失望。他在餐桌上对霍然说："我爸捐了50万进去，可我刚才简单估算了一下，顶多花了30万，真不知道剩下那20万跑哪儿去了，早知道这样，还不如让他把那20万给咱们全班充到饭卡里去呢。"

霍然就神往地说："要真是那样，怕是到毕业也吃不完了啊！"

林思源吐出一块鸡骨头："拉倒吧！就算每人每天吃20元的，一个人每月就是600，全班就是3万6，这20万也就凑合吃半年的啊，你数学白学那么好了，还不如我呢！"

霍然辩解道："你以为大家都像你一样啊，还每天吃20的！男生我是不大清楚，咱班很多女生一天连10

块都不到的，有人是为了减肥，有人是为了省钱买衣服，还有人就是因为家里太困难了。”

林思源哦了一声问：“你说像詹翠爽那样的，一个月家里能给她多少钱啊？”

霍然说：“我们毕竟是一个寝室的嘛，这事我还真问过她，但是她没说，不过据我观察，她中午都不来食堂吃饭，在宿舍里泡粥喝，吃家里带来的咸菜。”

林思源好奇地问：“泡粥？”

霍然放下勺子说：“嗯，天天这样，早上打一个馒头一份粥，粥放进暖瓶里留着中午喝，她晚上吃的多些，两个馒头半份菜，要不真熬不住夜自习啊，有时候我们实在看不下去了，就把菜分给她点儿，可后来发现她就不和我们一起来食堂了，开始一个人行动。”

林思源看着餐盘说：“她那是自尊心太强了啊，这么计算一下，我估计她每个月的生活费不到200啊！”

霍然点头说：“肯定不到，而且我还听说她来这儿上学快两年了，自己居然攒了一千多块钱呢，说是要攒出大学第一年的学费来。”

林思源心里被轻轻扯了一下，感叹道：“大学最低学费也得3500一年吧？”

霍然注视着对方说：“你以为天底下都像你一样不

愁吃不愁喝的啊！你要是和她比啊，你就是神了。”

林思源思索道：“唉，我不是就有这么个爹嘛。”

霍然笑了：“嗯啊，现在就是拼爹的时代嘛，哎问你，你爹每月给你多少的生活费啊？”

林思源摇头：“不是按月给，他也没准儿，想起来就给我，反正刚来上学的时候给过我一个卡，里面有10万，让我节约点儿用，不过现在也花得差不多了。”

霍然就歪头瞅着面前的这个公子哥，一时也不知道说他点儿啥合适了。

林思源忽然说：“你看咱们能帮帮她不？我是认真说的。”

14

惠林中学高二共有15个班，其中1班、6班、11班、14艺术班和15体育班是文科班。1班算是重点班，能进入这个班的学生都会被寄予厚望，是惠林的王牌部队，这个班的历年升学率也不错，三分之一的人都能过本二线。6班算是普通班，是惠林的中坚力量，大约半数的学生能过本三线，不过这个班的两极分化也比较严重，学生里要么有分数超群的，可以和市内其他重点中学的优等生一搏，要么就是全年级垫底的，看破红尘洒脱地做人，班主任恨不得让这些拖后腿的没用家伙都去参加艺考，或者就人间蒸发。参照以前中考的成绩，6 班是由分数比较居中的那批学生构成，可是到了高二下学期，情况竟然会变成这样，所以从某种意义上讲，6 班代表的是学生们各自的主张和取向。

不过从校方来讲，还有个简而易行的办法，就是通过对 6 班落榜率的考量和估算，可以比较清晰地推断出 1 班和 11 班的状况，假如 6 班有 20 人落榜，那么 1 班大约就是 10 个左右，而 11 班肯定是 40 多头。按“头”数论，是胃必治发明的一种形象说法，牲畜不是都有个“存栏率”嘛。

所以在暑假前，学校搞了一次摸底考试，用去年外省的高考试题来预测惠林的明年走势，这算不上是一种占卜，其结果也不容乐观。孙校长在得知 6 班有 25 人都不过线后，苍凉地说，这块地上的庄稼是一年不如一年了啊！

和他同样郁闷的人士还有：1 班班主任肖安、6 班班主任任静新。

任静新说：“是不是我们连年施肥，把庄稼都烧坏了啊？”

肖安说:“现在不施肥都不行了，我们班上几天不做卷子成绩就下滑啊！”

最后一致认为,还要继续加大追肥力度。

最郁闷的要属朴宏远,11 班居然有 53 名学生不过线！

刘小彤 620,满晨 601,詹翠爽 579,霍然 544,关宥荷 523,李少谦 488。分数线划定的是本一 570、本二 530、本三 440,而第七名章之林刚好考了 439,用他自己的话说,刚跑到天堂门口,上帝就关门了。后面的就不细说了,有二十几个学生在 400 分附近区域游动,半数人都是 300 来分,徐庆考了个吉祥数 250,莫晓晓的 213 分让她自己笑了一会儿又开始发呆，林思源一如既往的倒数第一,数学竟然是 0 分。这些活菩萨们能把“超女快男”的生辰八字星座血型都牢记在心,可是书本知识却都成了过往云烟，挥一挥衣袖不带走一点儿印象。由不得不让人怒火攻心。

朴宏远攥着成绩单就冲进了教室，感觉自己脑袋上像顶着一座火山,可是一站到讲台上,望着下面这些貌似忠良的学生们,气就忽然消了,刚才那一肚子怨言也都灰飞烟灭。

朴宏远按规矩没有排名次,他在班会上微笑着说:

“刘小彤的分数在1班是第二名，满晨在6班是第三名，章之林运气不好，林思源也不是全年级最惨的，所以说，大家都有上升的空间。”讲出这些话的时候，他自己都觉得有点儿诧异，以德服人的结果会不会导致更惨烈的局面啊？

老大的话让一些人稍事放松，可大多数人心里也明白，这算是无可奈何的安慰了，学校放假前搞摸底考试，其实等于是一种双向通知，校方和学生方都要大体清楚明年将是怎么一回事了。

于是林思源就起身抚慰道：“老大，你真的也和那些老师们一样吗？认为只有分数才是最要命的，不考上大学就完蛋了？”

朴宏远知道他的意图，反问道：“那你觉得我该怎么当这个老大呢？”

林思源挠挠后脑勺说：“我觉得吧，老大你要务实，咱们11班目前就这个情况，就这个家底了，想努力学习的自然会去努力学习，对考大学没兴趣的，你就是再怎么逼他努力也未必能怎么样，人各有志不可强求嘛！依我看，咱们师生一场，都是缘分，不如搞个好气氛出来，也其乐融融……”

“我呸！”朴宏远不满道，“你小子这是歪理邪说，蛊惑群众！我且来问你林思源，假如现在把你分数提高200多，也能过线，你愿意不愿意呢？”

林思源答："当然愿意啦！不过也无所谓了，反正又不可能。”

朴宏远环顾全班说："大家看吧，他还是愿意提高分数的，只是因为觉得不可能实现才说无所谓，这又说明了什么呢？徐庆，你来说说。”

徐庆晃晃悠悠起身说："这说明他还不是那么厚颜无耻。”

全班大笑。

朴宏远笑道："徐庆果然一针见血！说的没错，人都有自尊，讲面子讲虚荣，但又不完全是这些原因，真正的原因是，人都有一份责任感，当兵的没有不想拿勋章的，当运动员的没有不想获金牌的，这就是责任！而你们，眼下是学生，分数高就是责任，对吧？”

"老大，就算你说的对，可是我是真不行了，还差一年啊，怎么努力也白搭了，这也是心里话啊！”林思源说完就坐下了，摆出既真诚又无奈的表情。

"荒谬啊荒谬！”朴宏远反驳说，"如果明天就高考，你这么说我可以理解，也不会勉强，我尊重现实，可你真觉得一年的时间很短吗？我记得咱们上一次开班会的时候，你还认为失去一年的自由时光是特漫长的事呢，不是吗？因为你喜欢自由，又要面对失去，所以就会觉得这一年漫长，而如果你开始喜欢读书，又肯喜迎高考，那么就会觉得这一年非常短暂了，越觉得短暂就越会抓紧时间去努力，哎——林思源你笑什么啊？”

林思源答：“老大，你那个‘喜迎’高考让我忍不住想笑。”

全班就跟着乐。

朴宏远也笑了，但是抬手一抹脸又严肃了：“高考是什么？有人说是千军万马要过的独木桥，有人说是人生的重要阶梯，还有人说是应试教育的悲哀，都对！但也都不对！让我说高考什么都不是，如果硬要给它一个意义，那我认为高考就是一段回忆，一段相对公平竞争的回忆，而我们就是自己回忆的制造者，在每一个人未来的记忆中，对高考这段日子到底是值得珍藏值得骄傲还是不堪回首？我们现在每天恰恰就是在做这件事，所以必须要做好！必须要创造好回忆！我佩服的人，不是在上战场之前还在反复讨论战争是否正义，而是先把敌人击溃了再说！没有战斗力的人不配去谈论战争！没有经历过沙场的人没资格去评价正义！你们学的历史不是已经非常明确地告诉你们了吗，正义只属于最终胜利者。”

大家忽然掌声雷动，林思源也用力鼓掌。

朴宏远继续说道：“我还有一个发现，不知道你们是否留意过，我们看电视节目的时候，尤其是那些综艺节目选秀节目，当台上的选手介绍自己是大学生，或者有过高等教育经历的时候，那些评委们，特别是那些没有过这种经历的评委们，无论他们是多么大的明星，多么显赫的名气，在他们的眼神中无不流露出羡慕还有失落，羡慕那些选手曾经在学业上的努力，失落自己这段无法弥补的回忆，是不是这样？”

王聪大声说：“好像是这样的啊！老大你要是不说，我还真没太留意。”

朴宏远点头：“如果谁真的没留意，可以去看电视，几乎所有选秀节目场场可见！我这里不是讽刺那些没受过高等教育的明星，不可否认他们也很成功，甚至非常耀眼，但是我可以告诉大家一件事，越耀眼的东西越需要正视，别被表面的光芒所迷惑。”

这话让很多同学深思，教室里瞬间变得分外寂静。

朴宏远接着讲：“还有一个例子，很多人尤其是男人，包括我，都会因为自己这一辈子没能进入军营当一次兵而遗憾，可咱们大家都知道，军营的生活是多么枯燥啊,高一军训的时候恐怕你们就有了一点儿体会吧?是啊,军营那么辛苦那么枯燥,按理说不去当兵才舒服,可为啥还会让人产生遗憾呢?答案只有一个,青春已逝不再来!你错过了当兵的年龄就错过了进入军营的机会,同时也就错过了一次难得的人生经历,即便这种经历是辛苦和枯燥的,但它是独特的是很难再造的,它由于存在时效性因此可以称为是永远的、永远的遗憾!现在我们所面临的高考也是同样的机会,同样存在时效性,同样是辛苦和枯燥的,但是我们应该学会超前意识,意识到我们此时此刻其实是在享受这一特殊经历,多年之后回想起来,你们必会获得这一感受!感受在这段时光里我们曾一起并肩奋战,让18岁的记忆闪闪发光!我不看重分数,但我看重努力,没有努力就不会有分数的体现!高考的分数究竟代表了什么?我可以回答你们,那就是告诉所有人,那段时光我是怎样努力过的!"

同学们纷纷点头,谢国萍忽然举手提问:"老大,我想问问你,你刚才还提到高考是应试教育的悲哀这样一句话,我觉得很对,我想知道你对应试教育制度怎么看?"

朴宏远直接回答道:"我对这个制度没看法,这是真话,因为我认为制度就是这样一种东西,它是一种准则，一种游戏规则，只要它可以代表大多数人的利益，本着相对公平的原则，那么它就是一个好制度，至少在某一阶段是个好制度。应试教育到底好不好？我说了不算，你们说了也不算，凡事都有利弊，但有一点我认为它是积极的，就是给勤奋者一次机会！如果你对这个制度有意见，那么请先通过这个制度给你设置的考验，努力并跻身，等你可以对这个制度施加影响力的时候，再去评价其意义，这样才有效。反之，在你尚未完全理解这个制度存在的价值的时候，就妄自评判，甚至抵触，那么只会让你陷入到一种自作自受的困境中去，违反游戏规则的人只会被集体摒弃，说白了就是不带你玩了，对吧？”

谢国萍认真点头，陷入沉思。

“请大家牢记我的一句话，没有发言权的人就只能当听众，没有投票权的人，就没有被选举权。”朴宏远补充说道，“人只有通过自己的努力奋斗，在获得别人的尊重之后，才会拥有上述权利，而那些不努力不奋斗一天到晚只会抱怨的人，是不会得到尊重的，因为他的狭隘的心胸会让他变得越发矫情和牢骚满腹，并受困终身。”

章之林私下对同桌说：“咱老大的大道理真是一套

一套的,但确实很牛叉!”

朴宏远忽然笑呵呵说:“章之林,谢谢好评哈!”

申主任在大课间的时候叫来朴宏远,见面就说:“小朴啊,局面不佳嘛!”

朴宏远看屋子里还有另外两位班主任,都垂头丧气呢,就说:“这次的成绩只代表了学生以前的大致水平,我们还有一年的时间呢,还有机会。”

申主任用一种饱含经验的口气说:“但愿如你所想吧,不过一年之后究竟如何我心里也基本有数了,这样吧,还是老话,力争两成学生过关,你就算功德无量了啊!”

朴宏远点头:“我肯定会尽力而为。”

申主任没情绪地说:“行了,那你们愿意在我这坐会儿就坐会儿,交流交流,我得找孙校商量商量去了,他现在正为上一届毕业班的高考分数上火呢,咱们惠林是一年不如一年一届不如一届呀!我可先和你们打过招呼了啊,最近一段时间谁也别去招惹孙校。”

任静新懒洋洋道:“谁会去招惹他?谁敢啊!万一得罪了,下一届还不把我扔到体育班去?”

申主任咂巴咂巴嘴:“你小子少说两句又没人拿你当哑巴。”

申主任走后，任静新就说："你们有一年的时间不假，可我们也有啊，全国的考生们也一样有啊，我劝你啊小朴，稳住那些成绩好的学生就行了，盯紧他们就完了，如果剩下的这一年里，再出现不进则退的主儿，那局面可就是要崩盘了啊，你就听我的吧，没错。"

肖安也说："这是我们多年的经验和教训了嘛，小朴啊听不听在你，11 班虽然是你半路接手，成绩普遍不行，可毕竟里面还是有几个好苗子的，不能都当了试验田呀，你最近和学生打成一片不假，我们也都听到了看到了，11 班的风气转好，学生们也都拥护你，可你别忘了，咱们是班主任，要的是结果，看的是升学率，过程里再快乐也不行，等明年结果出来了，你傻了，学生们家长们也会恨你耽误了他们嘛！"

任静新又补充说："刚才申主任不是说了吗，今年这届毕业班的成绩又非常不理想，王校肯定是要上大火的，咱们学校现在莫说和市一中比，我看连惠林区都不敢说头名了，这又说明了啥？要我看，第一，咱这块儿风水是不行了，这是天命如此！第二，咱这儿总是搞什么试验田，总想人为地创造啥奇迹出来，这显然是违背教育的客观规律啊！老魏被谁挤对走的，全学校谁不知道？天灾人祸，不跌到底才怪！你们等着瞧吧，明年咱们这届不定要惨成什么样呢！”

肖安提醒道：“老任你说话要小心啊！你这话里话外的不是在拿孙校的短吗？就算我和小朴不给你传出去，万一被谁听了去可怎么办？你这不是无端制造误会引火烧身嘛！”

任静新固执道：“我怕什么！我尊重的是事实，也是就事论事！总拿老师当试验品，这说的通吗？今年高考失利就是个血的教训，但还远远不够！我倒真是希望来个彻底的教训呢，好让一些人清醒清醒，我这不是幸灾乐祸，我是直抒胸臆，说到底我也是为了惠林中学好！小朴你说呢？”

肖安赶紧把房门关上，朝任静新递个眼色：“咱话又说回来，小朴啊，我们明白你是初生牛犊不怕虎，头一次当班主任都会这样的，我们也都经历过嘛，但是你可一定要听一听我们的意见啊，也一定牢记申主任的话，力保两成学生过线就行，虽然这个要求有一定的难度，可也不是完全不能实现的，你要是和我们两个比啊，你还算轻松的啦！你晓得申主任给我们定的指标吗？”

任静新接过话茬道：“说出来能吓死你！但咱们也别互相比谁惨了，咱们得统一行动，惠林明年的收成就靠你我了，不要最后成为那种局面，我们俩勉强合格了,而你小朴成了倒霉蛋,真那样的话我们心里也不舒服啊!所以说,小朴你要选择理性,选择明智,那些根本没出息的学生干脆都甩下,让他们自生自灭又怎么了?反正路都是各人走的,赖不到别人头上!”

“咱们上学的时候,老师是这样做的么?”朴宏远反问了一句,接着说道,“或许有,但在我印象里并不多,我记得我高二的时候成绩就非常一般,但是我们班主任没放弃我,一直鼓励我,所以我才在最后一年发力,虽然结果只是考上了个普通师范,但对我来说也算奇迹了,而且我们班上好几个同学也是类似的情况,回想起来,我感慨的不是自己当初的努力,而是要感谢老师的教导啊!”

肖安和任静新对视了一下,撇了撇眉毛,似乎并不反对,但也不以为然,轻描淡写地扯了两句天气就起身退场,在门口互相谦让着并肩走了。

朴宏远独守空房,不禁想:如果真如他们所说,明年高考大溃败的话,我和孙校还怎么混呢……

15

出了教务处,朴宏远穿过操场走向教学楼。11 班在五层，他每次上楼的时候都尽量选择侧面的楼梯，虽然要多绕行几步，为的是能像学生们一样自在点儿，不会因为走主楼梯时常碰上其他老师而付出太多的搭讪。侧面楼梯里经常会聚集一些学生，在拐角处嘻嘻哈哈或者窃窃私语，朴宏远知道，这才是学生们最真实的一面。

走到四层的拐角处，正碰上李少谦和外班的一个男生坏笑着抽烟，朴宏远认识，就是上次在15班没收手机的那个陈志威。李少谦明明瞅见班主任去了教务处，可万没料到这么快就回来了，赶紧把烟顺到背后，丢下。朴宏远冷淡地点点头，继续往上走。李少谦就慌了，连忙说，老大，我就是拿着，没抽。朴宏远也不停顿，走到五层的时候，目光瞥下去，正和陈志威的眼神接上。陈志威晃晃脑袋，吐了口唾沫。

经过自己班的时候，朴宏远隔着玻璃招呼林思源。

林思源出来就问："老大，找我啥事？"

朴宏远说："咱们下节课是啥？"

林思源想了想回答："应该是历史。"

朴宏远一拉他："走，不上了，咱俩聊聊去，反正你历史不错，耽误一次也无所谓。"

林思源就笑,跟着班主任来到办公室。铃声响起,屋子里没人。

朴宏远扯了把椅子过来,让林思源坐到对面,问道:“你吸烟不?”林思源摇头。朴宏远掏出一支烟点上,抽了两口说:“你好像这个月还没请假啊,怎么回事?”

林思源谦逊作答:“没啥事就不请了呗,再说咱们班现在不是都这样嘛。”

朴宏远点头:“难得啊,我听说你以前是请假之王的啊。”

林思源就乐:“那是以前,不过那会儿我也不请假,想来就来想走就走,反正也没人管我,你来了之后,我觉得在班里待着也挺好的,就懒得出去了。”

朴宏远喷了口烟说:“别净说好听的!”

这时候有人来敲门,两人扭头一看,是李少谦,正一脸惭愧地戳在门口。朴宏远没理他,继续对林思源说:“你不请假了,老实在班里待着,这是挺好,可你这回考的怎么这么操蛋?数学竟然是0分!你就是选择题胡编几个也不至于这样的啊!”

林思源挠挠后脑勺说:“反正也考不好,我就懒得去胡编了,我觉得那样做挺没劲的。”

朴宏远循循善诱:“你能觉得挺没劲，说明你心里还有份自尊,可你想过没有,你这种随便放弃的做法会让你对其他课也丧失信心！”

林思源苦笑道:“可我真是不会做啊!老大,我就算蒙也就蒙个20分,倒不如0分痛快呢。”

朴宏远喝了一口茶，想了想说:“如果让你去救一个人,好比是你同桌霍然吧,她掉水里了,你自己也不会游泳,那你就不管了？扭头走人了？”

林思源坚决道:“那当然不会了!我肯定得想办法,尽力去救。”

朴宏远瞅了一眼侧耳倾听中的李少谦，一拍桌子说:“就是啊！你得尽力去救,哪怕你没救成功,至少你努力了,问心无愧了,这要比明知救不成便痛快走人强多了不是吗？现在我也需要你来救我,救你自己,救咱们全班！”

林思源为难说:“我救全班？就我那成绩能救谁啊？”

朴宏远鼓舞道:“你能救!只要你答应去做到,你下次考个20分给我看,就算你尽力去救全班了。”

林思源认真问:“行,没问题,老大我忽然懂了,是不是因为我才把全班的成绩搞下来了？”

朴宏远说:“当然不是了，全班的成绩要靠所有人尽力去做,你多考20分,就不必用别的同学的分数来平衡你,这还不懂?还出来混?”

林思源点头:“那我明白了，下次考试我豁出去带一个骰子去蒙题。”

朴宏远思忖道:“嗯,最好等你蒙完了,再用骰子来验算一把。”

林思源:“我靠!”

李少谦听了就开始哧哧笑。

朴宏远招呼:“还有脸笑呢,滚进来吧!”

林思源本想起身告辞，又很好奇李少谦犯了什么事,见老大没说让自己走,干脆没动窝。

李少谦严肃地靠近:“老大,我错了!”

朴宏远问:“错在哪儿?”

李少谦如实回答:“班规第五条。”

林思源惊呼:“你这厮居然抽烟啦!”

李少谦解释:“我也没抽两口，就是好奇，玩玩……”

朴宏远打断道:“好奇?玩玩?你对女生还好奇呢,你也要玩玩?”

林思源想笑,还得装作愤慨的样子。

李少谦抓耳挠腮："那倒不会，其实，其实男人抽个烟我觉得也没啥，只要不在班里抽，不和同班的抽，这也算是一种社交应酬啊，老大，我可没上瘾的啊！"

朴宏远反问："要是以后应酬多了呢？"

李少谦剧烈地摇脑袋："肯定不会！我保证！其实我和外班的人交往并不多，就陈志威一个。"

朴宏远认真问："你能不和他交往了吗？"

李少谦想了想，反问："老大，你是不是太限制我自由了啊，交朋友你都管啊？"

朴宏远扭头问林思源："他又违反了哪一条班规？"

林思源脱口而出："第二条！自愿失去一年的自由。"

李少谦一脸的没脾气，只好对林思源说："要是这么干，我走人好了，你们就都开心了吧？"

朴宏远喝道："班规第七条！我最痛恨的就是逃兵！"

李少谦无奈道："老大，我以后再不抽烟了！我发誓，如果我再抽烟，我不是人，我是王八蛋！"

朴宏远点头："信你一次。"

李少谦低声问："老大，那我还用做检讨吗？在全班面前太丢人了啊。"

朴宏远不接受讨价还价:“你违背了自己都认可的班规,首先就是丢人的事,那就要按规矩解决,如果你想逃避检讨,等于是更丢人！”

李少谦一跺脚:“行！不就是个检讨嘛，爷豁出去了！”

朴宏远起身说:“那好,你俩的事就先说到这儿,咱都回去上课。”

带上门往外走,林思源跟在后面说:“我还好啊,不就 20 分嘛，我豁出去考个 25 分，给老大看看咱的实力。”

朴宏远回头没好气地说:“25 分很有面子吗？”

林思源笑呵呵说:“老大啊,你要知足常乐。”

李少谦伸出了橄榄枝:“兄弟，用不用我点拨你一下啊,肯定能上 30 分！”

林思源连忙说:“谢了谢了,我们那口子比你强,我去求教于她,必然获益良多。”

三个人返回教室,吴则刚正在上历史课,朴宏远朝他点点头又指指身后的林思源和李少谦,就进去了。

朴宏远才坐下,詹翠爽就低声说:“老大,好像有个手机刚响了一下。”

朴宏远嘘了一声，就把书桌抽屉里的塑料筐拉了出来，低头依次检查，发现莫晓晓的手机(朴宏远让每个同学都在自己手机后面贴上名字)上面有条新短信，估计是刚才发生了振动。仔细一看，是备注为“老公”的人来的消息，朴宏远愣住，想了想，还是没有打开看。

吴则刚这堂课讲得字正腔圆朗朗上口，因为有朴宏远的压阵，学生们也都很配合，秩序井然。后来，吴老师又分别提问了谢国萍和莫晓晓一个问题，就宣布下课了。

朴宏远就追出去，并肩走着说：“老吴，上次在你班上讲课，扣了一个学生的手机，时间差不多了，你顺便还给他吧，叫陈志威的。”

吴则刚接过电话，笑了：“你这是臊我哪！要不下回我也学学你，陪着学生听课，保准没人闹腾。”

朴宏远摆手：“我这也是迫不得已啊，要扭转班风，不下力气不行的啊。”

“我可没你这么多闲工夫！”吴则刚翻了他一眼，就走了。

朴宏远讨个没趣，一转身，发现莫晓晓已经站在了背后。

莫晓晓问：“老大，你同桌说是你把我手机拿着呢？”

朴宏远哦哦着,从裤兜里拽出来,在交给她之前忽然问道:“我有点儿好奇啊，怎么还没吃你喜糖呢就有老公了啊？”

莫晓晓有点儿不好意思了，就担心地问:“你看他给我的短信了？”

朴宏远递过手机,观察着这个小女生的表情。莫晓晓看短信并未打开,放心了,便笑眯眯地说:“老大呀,叫老公也未必就是异性啊,你思想也太复杂了吧？”

朴宏远知道她撒了谎,不过还是哈哈大笑起来,笑完了就皱起眉头走了。

孙波眉头紧锁,正闷在屋子里抽烟,一抬头,刚好看到朴宏远走到门口,就点点头让他进来。朴宏远看桌子上烟灰缸都满了,就端起来倒进垃圾桶里。孙波目视着对方的举动,一时竟有些走神。

朴宏远问:“孙校长想什么呢？”

孙波平淡地一笑:“也没什么，你刚才的这个动作让我想起了一个人。”

“哦,谁呢？”

“老魏,胃必治,他找我来辞职的那天也这么做了,把我的烟灰缸清了。”

“我可不是来辞职的啊，我听申主任说了，说你正郁闷呢，就过来看看，其实也没其他的事情。”

孙波点点头，请朴宏远坐了，并给他沏了一杯茶。

朴宏远闻了闻，挺香，就说：“孙校是为今年毕业班的成绩郁闷呢还是为我们这次的摸底考试呢？”

孙波却说：“我喝茶不讲究，茉莉花就行，也喝习惯了，品位不高，哈哈！”

朴宏远想说自己也是，不过话到嘴边又忍住了。

孙波来回走了几步，忽然把桌面上的一份图纸抓了过来，拍到朴宏远面前：“小朴你看看吧，看看咱们学校的未来！”

朴宏远瞅过去，图纸的标题是：慧林中学分校区域图。他不免有些好奇，仔细端详，发现三分之一的操场要被征用，起建成一座综合教学楼，同时要把青年教师宿舍也划拨进去，改造成一个培训中心招待所。

孙波问：“怎么样，很辉煌吧！”

朴宏远苦笑道：“操场要是缩小了，可就没有正规跑道和球场了，这往后运动会可就失色多了哦，青年教师宿舍也要收走的话，让那些刚留校没成家的教师们住哪儿去啊？想当初我还住过这里呢，上课就是方便嘛。”

孙波答:“王校早就找人设计好了啊，在学生宿舍楼顶上再加一层板房，让他们住，冬冷夏热没有上下水,要是不肯,自己就外面租房去呗！”

朴宏远问:“孙校长的意思呢？”

孙波哼了一声说:“我能有什么意思？我他妈没意思！”

朴宏远又问:“莫非已经决定了？打算什么时候动工啊？”

“差不多吧！现在就等投资到账了,你知道投资方是谁吗?就是你们班林思源他爹!”孙波大步走近前,给朴宏远续水:“喝茶喝茶！”

朴宏远笑道:“林思源我能管，他爹我可就无能为力了。”

孙波叉着腰,摇晃着脖子说:“这恐怕是大势所趋,谁也管不了的，惠林中学不远的将来就会冒出十几个特色班来啦，有音乐班舞蹈班说学逗唱班，应有尽有啊,歌舞升平盛世奇观啊！”

“有美容美发班不？我也报名学学。”

“小朴,我忽然有个想法。”

“啥？”

“辞职。”

“哦……能不能换个思路。”

吃罢晚饭,朴宏远代表全家第一个上了床,三十几岁的年龄按说还是正当年的岁数，怎么就这么容易疲倦呢?和孙波聊了一下午,也没有什么好彼此安慰的内容,倒是又抽满了一缸子的烟头。孙波说学生成绩差并不是要命的问题,需要时间,需要有责任心的老师,是可以扭转过来的,但是谁会给他这个时间呢?图纸都出来了,施工即将开始倒计时,学校这么大动作地改造,能不影响老师学生的正常上课和生活吗？而且工程一旦上马,那么领导班子的人肯定都得忙起来,谁还有心思去管教学任务?那些青年教师们没了宿舍,肯定也会影响到教学,人心思变啊！这么几年下去,学生一届比一届下滑,老师一拨比一拨差劲,就再也没翻盘的机会了啊!所以说与其坐等惠林走上歧途,眼睁睁看着学校崩溃,还不如提早拍屁股走人,落得眼不见为净。孙波说自己以前是教数学的，大不了去所小学教孩子们学算术。朴宏远的意思是暂时观望一下，先不要急着走人，瘸了腿的马未必就立刻送它一颗子弹，万一有缓呢？就算真的没救了,也必须坚持一年,等这届毕业生走了之后再说,最后要走大家一块儿走。孙波还是答应了。

再有就是自己的本职工作，手里这个11班该怎么办？班规还是起到了效果的，可是尚不能深入到每个学生的内心里去，要让他们心甘情愿地去做好每一条，又是何其艰难的啊。

想到这些，朴宏远又无法入睡。入主11班半个月了，班风是明显改善了，从这一点上已然得到全体代课老师的认可，可是成绩怎么抓？早恋问题怎么管？学生们私下里的小活动小心思又怎么捕获？马上就要放暑假了，一旦上述问题没有得到有效的解决，那么不难想象，再开学后，羊群散漫回营之后，这半个月所苦心达到的效果极有可能付诸东流，甚至以后再抓就更难了，这也是胃必治所提到过的“学生的适应能力很强，耐药性更强”。

正胡思乱想呢，秦敏匍匐了过来，哼哼着说需要温暖。朴宏远赶紧假寐。秦敏就不爽地说：“你就装吧，螃蟹你也吃了，虾你也吃了，连三文鱼都给你吃了，怎么成天就没个精神头？”

朴宏远梦中解释：“困了，累了，晚安。”

秦敏火了：“朴宏远！你给我起来！你都十来天不碰我了，你觉得合适啊？”

朴宏远只得睁开眼睛，茫然道:“碰你？为啥要碰你？好，那我现在就碰你一下。”说罢，用手拍拍老婆的胯骨，忽然意识到拍打这个部位可能会引发对方的联想，就赶紧缩了回来。

秦敏坐了起来，不语。

过了好一会儿，朴宏远以为可以踏实睡觉了，于是决定告别现实进入梦乡，秦敏却忽然说:“我懂了！”

朴宏远深知“我懂了”这三个字乃是人类最大误解的源泉，只好再次挣扎着转过身，安抚道:“你别误会啊，你懂啥了啊。”

秦敏冷笑:“以前我就听说过这种事，男人回家说累，不碰自己老婆，可是呢一离开家门就比猴还精神抖擞呢，你不会也师生恋了吧？”

朴宏远苦笑道:“你用猴来形容我是可以的，勉强接受，但是你给我乱扣帽子是错误的，坚决抵制！狗屁的师生恋啊，纯属是胡思乱想。”

秦敏不依不饶:“我胡思乱想没啥，你别胡作非为就行了，最近我可没少听说，现在的90后脑残小女生，就喜欢搞师生恋大叔恋，那叫一个开放！那叫一个痴狂！反正朴宏远我可把话说头里，你要是老老实实当你的破班主任，我没意见，你要是敢趁机搞小丫头，我可跟你没完，你也不想想，她们图你个啥？还不是图一乐啊？人家那是增加经验值，你这是消耗生命值，是家破人亡自作自受！”

朴宏远连连叫屈，最后一看实在不行了，必须动真格的才能过关，就抖擞起为数不多的精神凑合过去，油嘴滑舌地说：“来嘛，小敏敏。”

秦敏叮嘱着：“你先别急，你先亲我一会儿再说。”

朴宏远紧忙乎了一通，边机械地运动边想，是到了开个家长会的时候了……

16

11班的夜自习气氛不错，有看书的，有写作业的，有悄悄聊天的，还有睡觉的。睡觉的学生是徐庆，在最后一排地板上铺了两块报纸，以书掩面倒头便睡。孙波从窗外经过，不免暗自赞叹，小朴来了之后，11班的学习风气还是相当改观的啊，虽然有个别学生没来，但上座率还是全年级最高的。

孙波走后，警报解除，林思源便掏出手机来聊天。霍然就说：“哎，要是老大晚上也不走，一天到晚和咱们耗着，看你还怎么聊天。”林思源不屑地说：“拉倒吧，我估计他现在正抱着老婆睡觉呢。”霍然说:“你也太恶心了吧?”林思源坏笑:“都是成年人嘛,要理解!”霍然懒得理他,找出篇文综卷子看,看了片刻,忍不住问:“哎,我问你,为啥不让我进你的群?”

林思源想了想说:“没不让啊!以前你是老魏的贴身侍卫,他(满晨)是大内密探,还有那两个(老魏指派的班干部),也都是甘愿与人民为敌的,谁敢让你们混进革命队伍啊?”

霍然说:“那现在呢?我还想继续当老大的贴身侍卫呢。”

林思源微微一笑:“一朝天子一朝臣,老大换了你们也就跟着变了样儿,所以加你们入群没问题了。”

霍然高兴了:“那好,把号告诉我,或者你先邀请我吧,我倒要看看你们天天都聊啥。”

林思源说:“可以是可以,但也不能白让你加进来,你还记得我上次托你办的事不?”

霍然一愣:“晕啊!我给忘了。”

一大早,莫晓晓就找来请假。朴宏远看是两张请假卡,问另一张是谁的。莫晓晓说是同桌谢国萍借的,请假两天,看看奶奶,准时回归。朴宏远点点头,没问题,批准了。莫晓晓就欢蹦乱跳地走了。

朴宏远赶紧把林思源找来，递给他一张请假卡。

林思源问：“这是干啥？”

朴宏远说：“这是我这个月的假期，给你了，同时也交给你一项特殊的使命，就是去跟踪莫晓晓，看她到底干啥去了。”

林思源笑道：“老大，这么干好像太那啥了吧，不过我很喜欢。”

朴宏远点头：“喜欢就行，就咱俩知道就行，赶紧出发吧。”

林思源却有些顾虑：“可是老大，莫晓晓认识我的车啊，我那车也太醒目了啊，我怕被她发现，跟踪不成反失一把米。”

朴宏远想了想说：“有了，你等等，我去给你借辆车去，你把你车钥匙给我，交换使用一天。”

吴则刚见办公室里有人，就一把扯住陈志威朝男厕所走，另一只手里紧紧攥着这个篮球生的手机。进了厕所，他反手把门关上，又依次检查了下每个隔间里有没有人，这才严肃地回过身来。

陈志威不明所以，嬉笑着说：“老师，你这是要干吗？”

吴则刚一个耳光便兜了过去，陈志威登时就被打懵了，紧张而疑惑地问：“先说清楚再揍我行不行？”

吴则刚把手机举到他的面前，质问：“这上面的照片怎么回事？你他妈的给我讲清楚！”

陈志威顿时气馁了，摆出一副可怜巴巴的劲头说：“老师，这都是闹着玩的啊！你可别想歪了。”

“闹着玩？谁叫你这样闹着玩！”吴则刚又推搡了他几下。

“城市之星”快捷酒店的一个房间里，赵郑和莫晓晓并排躺在大床上，各自抽着一支烟。

莫晓晓轻轻地说：“刚认识他的时候，觉得他特好，对我也特在乎，慢慢地就发现他变了，又和别的女生勾勾搭搭的，我现在都不敢再提苏小苗的名字，一提她我心里就刺痛得难受，老公，你都不知道吧，陈志威刚和苏小苗好的时候，我还私下里去找过她，我都给苏小苗跪下了，求她和陈志威分手，把陈志威还给我，毕竟他是我第一个男朋友，怎么也忘不了啊。”

赵郑心里面不舒服，可没说话，用手拍了拍这个小女生的手臂，示意她继续说下去。

莫晓晓回忆道:“现在一想起来,其实挺后悔的,陈志威的第一个女朋友是乔燕,就是燕子,我和你说过还记得吗?嗯,燕子就劝我远离陈志威,说这个家伙太花心,只要和你好过了,新鲜劲过去了就拉倒了,可惜开始我还不信呢,总觉得花心的男人其实也是懂得真爱的,只是没碰到让他值得付出真爱的人。”

赵郑鼻子里哼了一声,叹息道:“真爱?一个狗屁小男生怎么会懂得真爱。”

莫晓晓安抚道:“老公你别生气了啊,这不是都过去了嘛,那会儿我小不懂事,被这个家伙给骗了,现在我肯定不会再理他,我见了他都恶心!”

赵郑揽住女孩的肩膀,把烟用力抽完,认真地说:“如果你就这一段故事的话,那么你在我心里还是个纯洁无瑕的好女孩,记住,别轻易把自己交给谁,身心都算,你越轻易交出去,对方就越不在乎你,懂吗?”

莫晓晓使劲点头:“这些道理我现在都懂了!我觉得吧,认识你之后我懂了不少东西,以前没人这么对我说话,你也知道,我没爸爸了,我妈也顾不上怎么关心我,身边就那几个朋友,可也都是这个年龄段的,啥都不懂呢。”

赵郑又问:“那个陈志威是打篮球的?长得帅吧?”

莫晓晓有点儿矜持地说："嗯，应该说是挺帅的，号称我们学校的校草呢，好多女生都特喜欢和他说话，哎我没和你说过吧，他身高一米九呢！他一笑起来，眼睛就成了两个小月牙，特会搞些浪漫的事儿，让人意想不到呢。"

赵郑心里就更不是滋味了，很明显，眼前的这个女孩从内心深处还是没有放下这个浑蛋男生，于是不免涌起一股酸溜溜的劲头来，不屑道："浪漫？这个年龄的小男生也懂浪漫？无非是几枝玫瑰几条短信几顿饭和一个布娃娃，就把你们给办了嘛，唉，真可悲，我要是有个女儿，肯定不会让她在 18 岁之前就出现感情的问题，否则后悔都来不及，这个年龄实在是太没准儿了！"

莫晓晓何等聪明，听出了味道就赶紧说："老公你又多想了，我现在不是都懂了嘛，我现在对这些所谓的帅男生一点儿感觉都没了，尤其是体育生，觉得他们都一样，四肢发达头脑简单，根本不懂得什么爱情，就是拿我们这些不懂事的小女生当战利品和泄欲工具，以后啊我再也不会理这种人了，你要相信我，我现在就爱你一个人，全心全意，只要你能给我一个未来，我不求大富大贵，有个温馨的小家就够了。"

赵郑点点头："我会努力的，等你大学毕业，咱俩就永远在一起。”

莫晓晓憧憬道:“我大学毕业就23岁了啊,那时你都40岁了,不行,你太老了,我不要这么老的老公,你得在我能结婚的时候就娶我，现在大学生不是也可以结婚了嘛,你说你答应不？”

赵郑认真地说:“这些事不用你操心,我都想好了,只要你还在这个城市上大学，我肯定最后会给你一个家的,对了,你现在能考多少分了？能考上大学不？”

莫晓晓答:“嗯,差不多450分吧。”

赵郑想了想说:“嗯,那就还行,继续努力吧,尽量再提高些,只要你能过本三,学费再多也别担心,我给你出。”

莫晓晓默默点头，心里有些责怪自己不该骗这个男人,刚考了个213分,就算下一年再怎么努力,估计也很难达到什么450的,爱怎样怎样吧,过一天就要快乐一天,这是老大说的。

赵郑审视着对方的表情又问:“那个陈志威，你现在恨他不？”

莫晓晓想了一下才说:“要是让我说真话，我确实不恨他,你可别生气也不许多心啊,我是恨不起来任何人,包括我爸,还有过去那些伤害过我的朋友,我都不会恨,陈志威也不容易,他的家庭比我还糟糕,他爸爸以前喝醉了就带些不三不四的女人回家,把他妈妈也打跑了,也经常打他,打得还特别狠,可能陈志威多少也受到些影响,不怎么把感情和女人当回事。”

赵郑点头:“那以后咱俩要是分手了,你也不会恨我吧?”

莫晓晓扑过去咬他肩膀:“我就恨你!我肯定会恨你的,因为你是我最信任的人,要是连你都那样了,我就恨这个世界了!”

大课间的时候,霍然在操场边上找到詹翠爽,先是随便聊了几句学习上的事,就把话题转向了别处。

霍然说:“有人托我问你个事儿,你看你愿意答应不。”

詹翠爽就有点儿担心了。

霍然笑:“我还没说是什么事呢,你怕个啥啊!”

詹翠爽说:“既然是有人托你来问我,那他自己不来问,肯定不会是啥光明正大的事呗。”

霍然一愣,心想,这个平常不言不语的人,居然有这么强大的心理质疑能力,厉害啊!于是说道:“反正不是坏事,也不是阴暗的事儿,你就回答愿意不愿意听听吧？”

詹翠爽轻轻回答：“那我还是不听的好。”

霍然就没了脾气，她知道詹翠爽自尊心很强，但凡是涉及集体活动、私下聚会、感情问题还有一系列与学习无关的事，尤其是与花钱有关的事，她都一概避开，不参与，不支持，也不反对。两人一时没话可说，就并肩在通往教学楼的甬路上散步。

詹翠爽低声说：“我和你们不一样，所以我除了上课看书考试啥都不会想的。”

霍然嗯了一声：“那咱聊点儿别的吧，我很想知道你的理想是啥，你以后大学毕业了想做什么？”

詹翠爽几乎没有犹豫就回答：“当老师，就像咱们老大一样。”

霍然又是一愣，这显然不是什么崇高的理想，但和其他同学的那些当官、做老板、成名人等等乍一听很了不起，仔细一想又很平常的理想相比，詹翠爽的理想又显得那么真实可靠和自信，不由得从心底产生些许敬意。

詹翠爽反问：“你的理想又是啥呢？”

霍然心里有点儿高兴了，难得詹翠爽这么主动愿意和她交流，于是连忙说：“我嘛，还真没啥理想，我爸我妈希望我能上个好大学，毕业后考公务员，但我心里却一直纠结，为啥平常的时候他们整天抱怨社会、指责公务员不为大众出力，可现在却希望我也成为这个职业呢？所以，我都不清楚自己的理想是什么了，这是真话不骗你。”

詹翠爽轻轻点头，指着不远处的一道石阶说：“咱们去那边坐一会儿好不好？”

霍然望去，是甬道前的一个小小岔路，岔路通向一个旧的实验室，已经荒废很久了，大门紧闭，门外的石阶上草色青青。很少有人走到这里来，因为路是不通的，石阶两旁的丁香花树倒是修剪得还算规整。

一年半之后，当身在华东师范大学的詹翠爽收到来自大连外国语学院的一封信时，她禁不住感慨万分。霍然在信中说：

> 还记得我们的母校么，还记得惠林中学里的那个旧实验室么，当时我们两个在那个石阶上坐了十分钟，却好像说了18年的话，如今我们却开始分头去实现各自的理想了，为了11班，为了我们的老大，也为了我们自己，一年多的时间谈不上是岁月变迁，可那个地方却会是我终生难忘的，历

久弥坚，每当我遇到一些烦恼和纠结的时候，就会想起我们的那次谈话，还有那些围绕着我们的芬芳，难忘那树丁香花啊……

17

上午最后一节是英语课，何士英在台上双语教学，口沫纷飞，朴宏远却在闷头摆弄手机。詹翠爽用胳膊肘捅了他一下，平推过来一张纸条，上面提醒说：老大，要注意影响。

朴宏远低声解释："我这也是正事。"

林思源在短信里说：目前她正和一个男的在一起，我继续跟踪。

朴宏远回复：好的继续跟踪，可别跟丢了啊！对了他们现在哪里？在干啥？

林思源撒谎：在一个酒店里，喝咖啡。

何士英忽然指点着说："下面的同学请注意听讲！说你呢，你来回答刚才我提的那个问题！"

全班就笑。

朴宏远听现场有异，左右看看这才知道指的是自己，心里还真有点儿慌，连忙起身说："何老师你刚才问的是啥？”

全班又笑。

何士英做愤然状：“问你身边的同学，我懒得反复重复一个问题！”

朴宏远就问同桌。詹翠爽悄声告诉他，何老师问“野马是福特公司的顶级跑车”这句话用英语怎么说？朴宏远摇头说，我咋知道怎么说啊！心里暗想，你个何士英，今天让你开我学生的车过了把瘾，你反倒和我来劲了。

何士英叫嚣起来，挥手一指门外：“这么简单的句子都不会翻译，出去罚站！”

朴宏远不想公然违抗纪律，又不想当众跟何士英闹着玩，干脆借机出去抽根烟算了，于是垂着头在一片笑声里走了出去。

等朴宏远带上门，何士英得意洋洋地用略带地方话尾音的英语说：“这句话的正确翻译应该是——Mustang is the top sports car in the ford motor company.”

刘小彤很想提问一下，但还是忍住了，他便写了一张纸条传给后排的霍然：“Mustang is the top sports car in Ford”是不是应该这样翻译更简洁些呢？

霍然轻叹了一声,唉。

何士英继续说:“同学们注意一下啦, 马上就要放暑假了,我已经征得了你们朴老师的同意(她认为征得这个同意与让朴宏远去罚站一样默契),打算在暑期开个英语补习加强班,如果大家认为我讲得还不错,自己的英语又需要进一步深化能力, 那么可以随时找我报名,我会给参加这个班的同学准备很多内部资料,和非常必要有效的指点,就是俗话说的开小灶,我想这对于大家以后英语成绩的提升应该是很有帮助的,嗯,每节课 40 元,组团更优惠。”

朴宏远在走廊里叼着烟琢磨, 莫晓晓昨天刚收到“老公”的短信,今天就请假外出了,而且是走两天,她这个“老公”是否就是林思源看到的那个喝咖啡的男的呢?

他掐灭烟,心想:不行,我得看看去。

区委书记满江正在办公室里查看工作备忘录,忽然收到儿子的短信,他考虑片刻回复:下周一可能有个接待会走不开,不行的话就让你妈过去算了,暑假前开家长会,应该没啥特别的事,也就是嘱咐我们督促着你别荒废了功课。

满晨就仔细解释:我们新换了班主任,认真交代了务必把家里的“老大”叫来开会的,而且暑假可能不会放假了,老师会有特殊安排,所以最好还是你能来。

满江:原来是这样,那这样吧,我尽量把工作日程安排紧凑点儿,尽量去参加你们这个会!

满晨挺高兴:老爸你来的时候别那么严肃就行,我们老师挺随和的。

满江问:是不是不用我找一中的校长见面了?

满晨回复:嗯!

满江放下手机,问一旁的秘书:“你说现在开个家长会的话,需要给班主任准备点儿啥合适?烟酒糖茶的是不是显得太俗气了?”

秘书答:“俗气才显得实在嘛。”

与此同时,在詹翠爽家里则是另外一种讨论。

詹翠爽特意请假半天回家,取些换季的衣服,其实主要是看看母亲织的毛衣怎么样了,结果进屋一看就急了,上气不接下气说:“妈啊!您怎么织成这种样了……我不是告诉您了,我们老师没那么老气,他才三十出头啊,现在还有几个男人穿鸡心领的毛衣啊……”

母亲看女儿急成这样,也不安了,连忙解释:“你又没告诉我他多大,我猜怎么也得四五十岁了吧!”

詹翠爽咧了嘴:“咱俩真是有代沟了，您是不是觉得我们老师就得跟我爸差不多啊？我可真无语了！”

母亲干巴巴笑了几声，望着平摊在床上的这件失败作品说:“那这毛衣怎么办？现在改也来不及了啊……”

詹翠爽也不答话,钻进自己的小屋里收拾东西,收拾了一会儿眼泪就下来了。母亲悄悄跟了进来,想帮忙收拾又插不上手,就问:“你今天不住在家里了？”

“嗯,我下午就回去,就请了半天的假。”

“那吃了晚饭再回去吧。”

“不了,不想吃。”

“怎么了啊？没心情了？”

詹翠爽收拾完了，额头见汗，就打开电扇迎面吹着。

“不就是一件毛衣嘛！实在不行,我明天去商场给你们老师买去。”

詹翠爽忽然说:“要不您给我们老师买件白衬衫吧,我看他现在穿的那件已经很旧了,我可以出一百块钱,不够的您再添吧。”

母亲摇头:“妈有钱!嗯这样也好,等天凉快了再开家长会的时候我再重新给他织一件吧，这大夏天的送毛衣也确实说不过去嘛！”

詹翠爽就笑了：“我们老师可实在了，您要是真给他毛衣，说不定他还真穿呢！”

“拉倒吧！那他不就成傻子了嘛！”母亲注视着女儿的全部表情，忽然心里跳了一下，记得自己像她这个年龄的时候，也曾经深深地喜欢过一个老师，虽然从未表露。

“不许这么说我们老师！我们老师最好了，聪明，睿智，幽默！”詹翠爽一边说着一边和妈妈打闹。

“行行行，我以后不说了！”母亲想起了几年前，当她听到那个男老师去世的消息时，真的很心痛。很多老同学都赶去吊唁，老师的夫人告诉大家，他是倒在了讲台上，是累死的。

好的老师就像风中之烛，看似时刻释放着温暖，可又随时都会熄灭。

截然不同的情形是在霍然家里。霍然爸爸听说要准备参加家长会，就立刻询问顺便带点儿啥礼物好？霍然在电话里说，只要不是三俗均可。父亲打探到女儿所说的三俗原来是指“吃的、喝的、抽的”后，立刻表示难度较大。霍然交代说，反正不要让你的女儿失望，拜拜！

霍然爸爸陷入苦思，后来用一个下午的光阴进行决断，还上百度搜了一把同样的问题，发现很多家长也很迷惘，于是更加茫然了。送一张购物卡吧，有点儿太随便了，明码标价的总归显得过于功利，估计很多家长也会送，就无法彰显出自家的用心之处。送一幅名家书画吧，又不知道那个老师好不好这个，万一不懂随手丢了，岂不是糟蹋了一番美意？到底送什么好呢……

不料事出偶然，恰好一个老同学给他打来电话，这个老同学刚刚开了一家温泉洗浴中心，邀请老霍去赏光。霍然爸爸豁然开朗，有了！

刘小彤这边也很挠头。老刘听说要开家长座谈会，就慌忙打听身边的熟人，一个工头就指点他，花上三五百买张购物卡比啥都实惠，现在城里的老师们都认这个，你就狠狠心割肉吧，反正一年也开不了两次，反正也是为了孩子好！老刘倒不是舍不得割肉，三五百块钱不就是一个礼拜的工资嘛，就当白辛苦了，不算个啥，可关键是送这玩意儿合适不？万一再被他们老师退回来可咋办？

老刘这么想不是没来由的，因为在他唯一的那次印象里，朴宏远清淡得很，好像就不是那种敞开了收礼的人。于是为了把稳些，他决定和儿子商量商量。

老刘顾不上吃饭，大中午找到学校，跟门卫好说歹说才让使用内部电话，给男生宿舍楼打过去，又跟管楼的大婶好说歹说才让她把儿子找来接电话，刘小彤听完父亲的问题很没脾气，礼物嘛就是个心意就成了，还至于专门跑来讨论？老刘又好说歹说才把儿子哄出来见面。

父子俩隔着围栏，分别顶着一头汗，商量了半天也没个统一的意见。

刘小彤说："我们老师肯定不会收礼的，你送也是白送，倒显得不好了。"

老刘说："凡事都要有个准备，咱准备妥了呢如果大家都没送，咱再拎回去也成啊！万一大家都送了，就咱没送，那不是耽误大事了？"

刘小彤苦笑："这也能叫大事？"

老刘慨叹："你小不懂事哎！虽然我眼见过你们那老师，人是好人，说不准也真的不收礼，可咱不能因为猜人家不收就不准备啊，我来的一路上都想好了，一定要准备妥！别人送咱也送，他收不收是他的事情，假若全班就你一个没出礼的，让人家怎么想咱呢？是让人家看扁了你还是可怜你？你自己以后也会不舒坦的，既然咱来这儿念书了，那就得跟着这边的规矩走，你说对不？"

刘小彤本来已经很厌烦就这个问题继续讨论下去，可是一看到父亲那双焦虑的眼睛，又不忍显出过多的负面情绪，只好附和着说："对，对，那咱送啥好？"

老刘一拍巴掌："可算把你给说通了！我这趟过来还不是就想和你商量这个？你在学校里见识多比我脑子灵便，你就做主，我去办！"

刘小彤摇头："我真不知道啊！"

老刘试探问："我临来前，工长给我出了主意，让我买张购物卡给你老师，你说说这行得通不？要是行得通，我一会儿就去办来。"

刘小彤又摇头："我还是不知道啊。"

老刘灵机一动："实在不行你去问问你们同学啊，看他们家里都给送什么，你现在就去问，我在这儿等着你。"

刘小彤为难道："这怎么问得出口啊？他们也未必知道啊！"

老刘彻底没了脾气，原地转了一圈说："算我白跑了，那我就照工长的意思办算了。"

刘小彤瞅见父亲背后的衣服上面还沾着白灰，心里不免酸了一下，就问："爸你们那边食堂吃得怎样？"

老刘一呆，回答："还行，能吃饱。"

刘小彤凑近围栏，从兜里掏出一个鸡蛋和一根火腿肠递过去。

老刘推辞："你留着吃吧，我那边也有！"

刘小彤坚持："你拿着！"

老刘就应了，接了，塞进口袋。刘小彤发现父亲的手有些抖，就笑着说："你别总是那么傻干，没人管的时候就少使点儿力气，该歇着就歇着。"

老刘认真地点头，连连答应。

刘小彤想了想忽然说："你就送鸡蛋吧，送鸡蛋就挺好。"

老刘诧异："鸡蛋？能行得通？"

刘小彤满有把握地讲："我们老师就爱吃鸡蛋，这是真的！"

老刘终于踏实了："那还不容易！行了，我走了，你也该歇着就歇着去吧。"

目送父亲走远，刘小彤想，但愿老大真的爱吃鸡蛋。

18

林思源听说班主任要过来会合，脑门子上就开始冒汗,再加上何士英的这辆破车连个空调都用不得,汗冒得就更多了。他想了一下,就开始给莫晓晓拨电话,可对方手机彩铃里只是不停地唱“我不接,我不接,我不接不接我就不接”。

林思源着急,于是又发短信过去:你个疯婆子敢不接我电话了!告诉你,老大正四处找你呢,我看你还是尽快回去的好,免得出大事!

这次莫晓晓反应神速,直接回了一个字:好。

林思源就驾车直奔学校,刚到大门口,正碰见朴宏远走出来,也是一脑门子的汗,上了车就喊,开空调啊!林思源说,何老师这辆车是专门为南极考察生产的,只有暖风。朴宏远就骂,这个倒霉娘儿们啊!

已是晌午时分,阳光炽烈,马路上白花花的一片,像是撒了盐。

林思源驶离学校,就问:“老大,咱俩现在奔哪儿?”

朴宏远反问:“奔哪儿?你说奔哪儿?莫晓晓在哪儿啊?”

林思源说:“应该还在那儿,我是怕你路不熟才跑回来接你的。”

朴宏远没好气地说:“我路不熟?我他妈的在这儿生活三十多年了,我会不熟?”

林思源就问："老大，你是不是刚才和谁闹气了？"

朴宏远刚才确实遇到了挠头的事。关宥荷的父亲打电话来说，夫妻俩身在外地去参加同学会，家长会就没法如期参加了，朴老师方便的话给留个银行卡号以聊表寸心，工行的建行的都行。朴宏远赶紧推辞，对方却百般客气地把电话挂了，之后又发来短信一条，说前不久关宥荷的摸底考试成绩让全家非常高兴，确实是真心想感谢朴老师的教导有方，农行的卡也行。朴宏远刚打了几个字"谈不上教导有方，我也没银行卡"，一个电话就进来了，对方自称是公安局的，调查朴宏远涉嫌找过小姐，现在小姐把他招供出来了，请务必到公安局报到缴纳罚款。朴宏远正要诉说清白，对方却开始嘻嘻哈哈，哈哈完了告诉他，我是你的老同学谁谁谁，十年没见面了，现在要通知你件大喜事，在经历了一次残酷婚姻之后，又迎来了第二个春天，请朴宏远这个周末去参加婚宴。朴宏远嘴上痛快答应了，心里却说，这不是和去公安局一样嘛。

朴宏远问："你爹能过来开家长会吧？"

林思源点头："通知已经正式下发了，肯定来，其实更关心我上学的是我妈，可我妈想来也不行，我爸非要抢着来呢。"

朴宏远好奇："哦？怎么你这边的局势这么曼妙？"

林思源就笑："我爸这个人啊就好开个会，我估计他来了还得主动发言呢。"

朴宏远点头："这倒也是好事，对了，咱班上还有谁家情况比较特殊的？"

林思源想了想说："詹翠爽家不行，她爸爸去世了，老妈身体有病又是下岗吃低保，连个照应的亲戚都没有，听一个同学说，她妈长期在胡同里摆地摊卖毛线呢。"

朴宏远皱眉道："这季节卖毛线怕是不好销，还有谁？"

"嗯还有徐庆也危险，他爸他妈离婚好几年了，又都各自成了家，徐庆现在有个同父异母的妹妹，还有个同母异父的弟弟，他算是没人管没人要了。"

朴宏远有些吃惊："他父母离异我倒是知道点儿情况，没想到会这么糟啊，那他现在怎么办？监护人总得有吧？"

林思源撇撇嘴："有个毛啊！他爸他妈现在每个月分别给他 300 块钱的生活费，学费另外摊，说 18 岁了该自立了，应该和美国孩子一样，考上大学也得艰苦奋斗勤工俭学，我听说徐庆过年都没处去，一个人去火车站候车室看春晚呢。”

朴宏远心里揪扯得疼：“妈个×的！这都什么浑蛋父母啊！”

林思源笑：“老大，我发现你一离开学校就粗口不断啊。”

朴宏远没脾气地说：“你就当我是一奇葩吧，你接着说啊。”

林思源平淡地讲：“比他惨的还有呢，14 班的一个女生叫苏小苗的情况和他差不多，可她那俩父母更浑蛋，连生活费都经常忘了给，苏小苗也不好意思总张嘴去要，我听说现在经常被人领到夜总会去呢，学校查过她两次夜不归宿了，第三次要是倒霉再被查到，肯定就开除了，那就真成小姐了。”

朴宏远一时无语，他想到了一件事，假如自己没当这个班主任，没和学生这么密切接触的话，怎么会知道这些人间悲剧呢？还一直以为这些朝气蓬勃的孩子们都是家里的独苗宝贝呢，都不懂得上学的可贵呢，都是因为任性才会离家出走误入歧途呢。那个叫徐庆的男生，从来都是一副嬉皮笑脸的劲头，好像真的一点儿烦恼都没有啊……

林思源看老师表情这样，就做出成熟的姿态安抚道:“老大,这当然是极少数,大多数同学都挺好的。”

朴宏远问:“作为兄弟,你就没想过帮徐庆一把?”

林思源忙说:“我帮啊!我当然帮过,他现在用的手机就是我以前用过的,话费也都是我替他交,不过别的就帮不上了,他自尊心也强,我以前塞过他五百块钱,他骂我狗眼看人低,要不是拿他当兄弟,我怎么会不计较?”

朴宏远点头,心里面好像塞了一把泡了醋的棉花。

林思源继续说:“老大,不想瞒你任何事,最近我打算帮帮詹翠爽了,班规第一条,我得做到!”

朴宏远努力微笑:“那好啊,你帮我同桌我得谢你!你看看詹翠爽那模样,身高差不多快一米七了,体重顶多90斤,严重的营养不良啊,我现在每天都偷偷送她一块巧克力。”

林思源嗯了一声忽然说:“老大,咱们到了!”

吴则刚打算在学校后面的小吃街里买些饭,这样回家吃了还能睡个午觉,刚走出后门,迎面遇上一个熟悉的面孔,就招呼拦下。

莫晓晓说:“吴老师您也在后面买饭啊。”

吴则刚笑着说:“学校的食堂不好吃嘛,晓晓你吃了没有？”

莫晓晓点头。

吴则刚想起了什么就说：“对了，晓晓你能帮我个忙吗？”

莫晓晓又点头：“行啊，您说吧。”

吴则刚有些矜持道：“这不是快放暑假了嘛，我打算开个班，把一些重点内容给同学们讲讲课，可是又不想传到你们朴老师耳朵里去，所以希望找个同学帮我传播传播，就是具体怎么上课和什么时间，我还打印了一些宣传单，适合拿回去给家长们看，你看你能帮我在班里散发一下吗？”

莫晓晓有点儿纳闷的是，为什么以前魏老师在的时候，这些代课老师私下里办班都不避讳班主任呢？难道就是因为老大自己不办班的缘故吗？其实这也不算什么嘛，于是自报奋勇说：“这没问题！”

趁朴宏远去洗手间的时候，林思源再次发短信给莫晓晓，问她到学校了没。莫晓晓回：到了到了，我可怜的两天假期啊！

朴宏远被林思源带到这个古怪的咖啡厅里，当然不会找到莫晓晓的影子，心下多少有点儿怀疑被学生们私下串通放了鸽子,不过这还是可以接受的,同学之间互相帮助总比互相拆台要好，还得责怪自己事先没有想到这一步。这里确实空调很足,清凉无比,既然来了朴宏远就提议歇一下再回去。林思源挺高兴,还要了两杯冰咖啡,算是主动请客谢罪。

林思源把班主任带到这儿，还有自己的一个小想法,就是想和朴宏远单独交交心,脱离开学校的环境,谈话的感觉会更轻松些。林思源从内心深处,其实是很希望能和朴老师做个忘年交的，他觉得这个大叔够爷们儿又挺萌的。

朴宏远似乎也很喜欢这杯冰咖啡，就如实说:“这种地方我还是头一次来,这玩意儿也是头一次喝,还行啊,以前觉得这种地方都是你们小年轻的人来的。”

林思源笑:“你也不老啊老大！你不才 36 嘛,有句话怎么说来着？三十而立、四十不惑、五十更在浪尖上啥啥的。”

朴宏远喷了一口:“我呸，你这语文水平真让我担心了啊！”

林思源呵呵笑:“老大,今天不谈学习好不好,说说你学生的事好不好？”

朴宏远点头:“行,把你掌握的材料都抖落抖落,给我爆爆料。”

林思源摆手:“我可不能爆料啊老大，这是你规定的,不能背后说同学的坏话,再说谁没个错呢？人无完人砖无整砖,我的意思就是想和你随便说说,老大你怎么看我这个人啊？咱随便聊聊。”

朴宏远说:“那好,咱就随便聊聊,思源,许多同龄人和你是没法比的,你的起点比大多数人都高,我说的这个起点你也该知道,就是家庭经济条件,所以说在如今这样一种物质社会，你无需付出努力就可获得别人的认可和尊敬,因为你父亲已经替你努力过了,帮你获得了别人的认可和尊敬,可你要明白,这不是真正属于你的，你的名字前面将始终存在着另一个名字——这是林栋梁的儿子林思源！很多人,你的同学们,他们努力奋斗的目标其实对你来说都不算什么了,一套房子？一辆合资车？还是一个高薪的体面工作？这些,你都不需要,你需要的是去实现自己的理想,人没钱可悲人没理想更可悲，因为人之所以在中年之后碌碌无为的居多,就是因为逐渐丢失了自己的理想,太忙啊不是？记不起年轻时代曾经有过的那个梦，却反复安慰自己现实有多重要，钱赚得比楼宽了自己无非还是睡在两米的床上，官做得比山高了自己无非也就埋在一米的墓碑下面，思源，去做个了不起的男人吧，这个世界说小不算小，说大也没多大……”

夜自习的时候，王聪在聊天群里抱怨说：老大要咱们写信给父母，这可难死我啦，你们都是怎么写的啊？

徐庆：你叫我一声老爸，我就帮你写。

王聪：去死吧你！

关宥荷：我觉得就是写下咱们对父母的真心话就可以了嘛。

林思源：我打算从网上下载一篇算了，谁还要？

章之林：我倒是想给我舅舅写封信，希望他多给老大发点儿工资。

王聪：就是啊，就咱老大不开班收费，人品问题啊！

霍然：我已经写好了，嘿嘿！

徐庆：??

关宥荷：班长也进群了？

林思源：嗯，我批准了，大家欢迎欢迎新同学！

王聪：鼓掌！

章之林：鼓掌！不过我可有个意见，要是满晨也想进群的话，得经过大家投票通过。

林思源：可以，但是我在想，要是老大也要进群可咋办啊?

徐庆:这倒真是个摆在我们面前的大问题啊,搞得好了能成为最牛叉的群,搞砸了咱最后这块自由阵地就完蛋了啊!

章之林:林思源你晚上咋没来上自习?

霍然:他被老大派去干活了,具体情况可详细垂询他本人。

林思源:莫晓晓在班里不?

谢国萍:不在啊,她不是请假两天嘛,明天才回来。

林思源:这个疯婆娘!以后她的事我可不管了!

章之林:她怎么了啊?

林思源:没事。

19

家长会在周一下午准时召开。

朴宏远走进教室的时候,目光清点了一下来宾,关宥荷的父母虽然没有到,可她座位上却有一位老人,估计该是她的爷爷。此外,徐庆的家长不在,算是意料之中。莫晓晓的母亲没来,也没个消息,却是意料之外。

朴宏远走上讲台,打过招呼,并做了简单的自我介绍,收获了一些客套的掌声。他继续说:“各位家长,我来 11 班算是临危受命,也算机缘巧合,因为在此之前我从没做过班主任,也从没给这个班代过课,客观地说我对这个班是完全陌生的,也对这份职责没有任何经验,这是实情,无需隐瞒。”

有些家长便面露恐慌和茫然了,朴宏远事先已经在黑板上把学生的名字按现有的座位次序写好,所以脑袋稍一转就知道是谁爸谁妈,于是对着李少谦恐慌的母亲说:“到今天为止,我已经做了刚好一个月的班主任,但我能记住所有学生的名字和他们的位置,也清楚每个学生的成绩,接下来的这个暑假,我将要对他们各自的性格和才能进行了解,找出他们各自的问题和进步的方法。”

他又望着章之林茫然的父亲讲:“我虽然是新来的班主任,年龄上恐怕也是在场最小的吧?但是我敢保证,自己是关爱这些学生的,因为你们的孩子都是好样的,都是可以和我真诚交流的朋友,我相信,在未来的一年中只要家长们积极配合,孩子们努力学习,明年的今天,你们将会看到一个长大懂事并且学有所成的孩子!”

林栋梁笑着插了一句话:“既然朴老师都这么有把

握,我们做家长的还有啥不放心的!”

一些人就附和着笑,但大多数人显然并不买账。

朴宏远就对林栋梁说:“您的儿子林思源现在基本不逃学了,这不是我严格的原因,而是他自发的,还有,我让他和班长霍然一桌,最近这一个月以来学习兴趣也提高了不少,我相信只要这么继续下去的话,明年高考提高一百分左右完全没有问题。”

林栋梁有些苦笑着说:“以他现在的成绩,就算提高二百分也是没啥用的,最多也就上个高职,我啊已经做好了打算,送他去国外念书,学成什么样算什么样吧!”

朴宏远连连摇头:“作为父亲您可不能这么想,孩子只要知道努力学习,懂得进取,这就比什么都重要,我们都是过来人,应该明白这个道理,如果他完全没有学习的积极性您就算把他送到国外读书,他也未必能有什么出息,不是吗?况且现在是信息时代,是知识的时代,商品经济发展到如今已经不能单凭运气和打拼就能成功了,重要的还是才能、头脑与眼光,这些都是和知识密不可分的,您说对吧?”

林栋梁哈哈一笑:“朴老师讲的对!你所说的培养孩子的学习积极性是非常有必要的,我赞同你!”

谢国萍的父亲本来一直低头摆弄手机，这时候忽然接茬道："培养孩子的一种学习精神当然很重要了，这种习惯一旦养成，以后干啥都会有个源动力的，努力和不努力同样会是一种惯性，可是朴老师啊，就剩下一年了啊，您能保证我的孩子也能提高一百分吗？如果能的话，我现在给你鞠躬作揖都行！"

朴宏远一怔，没料到这么快就有家长站出来发难了，眼下也不能退缩，更不能吹牛，他望着谢国萍爸爸头上考究的发型平静了片刻，忽然说道："能！"

谢国萍的父亲怔住，也平静了片刻才问："朴老师为啥这么有把握？还是就想安慰我们呢？"

朴宏远摇摇手："我没有把握，因为我们谁也不能对不可知的未来说三道四，但是有一种把握我是有的，谢国萍同学高一考进惠林的成绩是全班第四名，高二上学期期末是第九名，而前不久却是405分，恐怕连前二十名都排不上了，这说明了什么？说明她逐渐退步了！可原因是什么呢？我想原因之一就是家长督促力度不够，总觉得孩子在学校吃苦不容易，我查看过以前的记录，您的孩子每周都要请假回家，而回家之后肯定是好吃好睡还能逛街买新衣服，这样一来，孩子就会形成一种心理，认为学习是一份苦差事，类似打工，而回家是一种享受,类似发薪水,请问在座的每个家长,天底下谁愿意打工呢？谁不是想天天发工资呢？”

说到这儿,不免联想到老婆秦敏了,朴宏远就趁机和大家一块儿笑了几声。

谢国萍的父亲表情很严肃，点头说:“朴老师分析得非常对,我们做家长的失职,根本没想到这些啊！”

一些家长也说:“是啊是啊,都觉得孩子辛苦啊,回家再不让放松放松,心里确实不忍啊！”

朴宏远耐心地讲:“家长们要思路开阔一点，孩子们就算再辛苦,不就还剩下一年么?这一年的辛苦如果能换来人生的第一个台阶的顺利晋级,难道不值得么?他们现在不管多苦多累,他们毕竟还是年轻人,他们有父母支撑,以后他们长大了,如果学无所成是会埋怨你们现在的，是会抱怨你们在他们需要约束的年龄没有去约束好他们的,不是吗？就算他们不抱怨,难道他们不懂得追悔吗?我想在座的家长们都会有一种共识,你们中的一些人事业有成了，是和当初的艰苦努力分不开的,是和父母的严厉督促分不开的,是和自己的向上精神分不开的!而或许你们中的一些人事业无成,平平凡凡,因此更加望子成龙望女成凤,这还不是对自己当初的一种追悔么?人总是要用未来给过去买单的,我们宁愿让孩子们现在辛苦，也不能让他们到中年后再去后悔再去辛苦,不是吗？”

这话一出,多数家长就纷纷点头,有些人甚至不免感慨起来。王聪的妈妈说道:“我们这些做家长的肯定支持朴老师的工作,朴老师说的对,我女儿经常告诉我说朴老师是个非常好的老师呢，而以前她可没说过哪个老师这么好,我这孩子眼毒,很会认人呢！”

朴宏远赶忙说:“过奖了过奖了，王聪这孩子善良厚道,这也是我的看法。”

詹翠爽的妈妈也说:“我女儿也净说朴老师的好呢,朴老师为了让学生们认真听课,每天至少要跟班两节课呢,有时候全天都陪着,这样的好老师都信不过的话还能信谁啊？”

朴宏远受到表扬，有点儿不好意思了:“詹翠爽同学的成绩一直也是我的骄傲啊,我跟她当同桌,居然还把过去快忘光了的外语补回了点儿呢！”

家长们就都笑了,气氛趋于融洽。

区委书记满江始终没有开口，这时候忽然语气凝重地说道:“刚才朴老师讲得非常好，也能看出他是有心把这个班的孩子带好的,不过,朴老师只是才提到原因之一,要求我们做家长的更好的督促孩子,那么之二呢？是不是该谈谈作为学校方面老师方面的职责和路线了呢？”

林栋梁探起上身和满江打招呼：“还是领导会讲话啊，一下子就说到要紧的上面去了！”

朴宏远想了想回答：“过去有种说法，成绩好坏首先要靠学生自己的勤奋努力，然后是老师的指导教育，最后是家长的督促鼓励，其实我不这么看，第一就该是老师的责任，第二是家长，老话说养不教父之过教不严师之惰，应该就是这个意思，最后才是学生自己的勤奋。我不否认有些学生似乎天生就知道努力，但是大多数并非如此，他们心智不全，还是孩子，不靠教育引导怎么能不贪玩呢？老师的职责就不必提了，那都是些大道理和空话，而这个路线嘛才是最为有必要说说的，我的想法就是，在11班这个集体里面，要充分发挥集体的力量，成绩好的带动成绩差的，条件好的帮扶条件差的，不搞内部竞赛，孩子们要把班集体当作在学校里的家，相互学习相互督促共同进步，我相信，暑假结束后的第一次统考，大家就能看到不一样的成绩。”

满江似乎不以为然，并且开始了一连串的发问：“听朴老师的意思，好像是要大搞集体主义建设了？可这是不是有点儿逆潮流而动呢？我听说，在集体环境中是很难锻造出精英来的，埋没了那些天才和有个性的人，教育也是该讲究竞争的，否则不成了当年的大锅饭吗？拿我儿子为例，他就是这个班上唯一能考上600分的人，姑且不论他算不算天才，至少他很勤奋，如果朴老师让他去帮扶成绩差的学生，是否耽误了他的功课？占用了他的时间？他愿意执行你的安排的话，是否会让自己滑下来？他要是不肯接受你的安排，是否又会遭受某些不必要的压力，近而被边缘化？一个集体的总成绩上去了，却是以牺牲部分优秀学生为代价的话，是否可以被看作是一种残酷？我在外面开会的时候总是和下面的同志讲，为啥我们中国总是出不了比尔·盖茨和乔布斯？为啥总是出炒房团和林栋梁这样的家伙？(大家哄笑，林栋梁也笑，说我这样的家伙怎么啦？)一项成绩汇报上来了，下面总是不提个人的作用，一说就是集体的功劳，一说就是和领导的关怀分不开的，说句实在话，关集体屁事啊？就算和集体有点儿关系，又关领导个屁事啊？(又是哄笑，但都很真诚)所以，我想和朴老师讨论一下，你这个集体主义是否有存在的必要呢？”

朴宏远朗声回答：“有！首先我要表态，完全理解这位家长的心意，这是非常正常的心理和正当的要求，更为满晨同学的这位做领导的父亲能说出这样一番指摘个人与集体关系的真诚言论而打动，但是，我也不能就此埋没了个人观点，希望能算是讨论吧。我们现在动辄就提美国如何如何、我们又该怎样怎样，毕竟美国是地球上的老大，而我国从 GDP 上算是老二，不和老大比和谁比呢？可是我们扪心自问，我们真的是第二名吗？有谁真实地感受到了这一点呢？一个尚且靠密集型劳动力制造业为输出，关键的技术和材料依赖进口的贸易国家能算是全球第二吗？一个主要靠房地产业保增长的民族，好意思吹自己是亚军吗？一个大型国有钢铁制造企业竟然比不上一个造苹果手机的市值高，还有脸说自己是500强吗？比尔·盖茨是美国的，乔布斯也是美国的，美国出了很多很多精英人才这是无可非议的，可这里面的原因是啥？为啥美国的中产阶级比例占据了国民的大多数？我认为，美国这个民族就是一种集体，美国精神就是一种集体主义精神，所谓的'美国梦'正是这种集体精神的一种存在口号！可以试想，一个可以让你去追梦的国家，允许你有理想的民族，不是一个很好的集体么？或许因为这个集体太庞大了，我们就疏忽了它的原貌。"

满江凝神听着，一支烟捏在指尖始终没有点燃。

朴宏远继续说道："而我们呢？我们这个国家这个

民族在最困难的时候，是动用了集体主义这种精神才挺过来的,可在当下,当我们普遍都开始不愁吃穿的时候,却要放弃这种精神了,去追逐原始的资本积累了,急功近利,甚至是不择手段,人心涣散的根源就是因为放弃了集体,放弃了信义,精神空虚的根源就是因为失去了信仰,失去了理想,到头来,人人都以金钱作为理想,人人都想奴役别人,何谈民族的崛起和盛世？他们有美国梦,我们也需要有‘中国梦’啊!我们已经开始进入到独生子女挑大梁的社会了，这些孩子从小就没遭遇过什么挫折和竞争,如何能承受失败和被奴役?他们在家受到的教育就是,别相信外面的人,在学校受到的教育就是只问分数不问品质，在社会受到的教育就是勤奋不如关系硬、成功就得有个爹！”

这话一出,铿锵有力,很多家长纷纷点头,霍然的父亲带头鼓掌喝彩。

满江等大家平静下来又问:“朴老师，你的意思是说现在的孩子们其实是需要一种集体意识了？”

朴宏远认真点头:“对!非常需要!一个人只能做自己的事,两个人就可以谈恋爱,三个人可以争论问题,四个人就可以打麻将了,这是玩笑,但是这也说明了一个问题,每多一个人参与一件事,只要导向正确,这件事的快乐指数就会呈现几何倍数的提高，而60个人的班集体呢？一个单位呢？一个城市呢？一个民族呢？不是一群人就是一个集体，而是一群志同道合的人才是一个集体，我相信假如我们这个国家的大多数人民都能恪守信义经营、沿袭规矩办事，那么在我们这个国家里也会出现比尔·盖茨和乔布斯，因为这些人物只能在一种集体都在进取的精神中、只能在一种集体都在约束的规矩中，才能生存和发展，才能缔造出奇迹，否则身边的人都在托关系走后门，找捷径钻歪道，他们这些人又怎么竞争得过？还有狗屁的创新思维去实现呢？”

满江不禁起身指点着说：“你算是第一个说服我的人！也给了我一种全新的思维和视角，朴老师，希望等明年你顺利把毕业班送走之后，用你的成绩说话，我会邀请你去很多合适的场合做报告！”

朴宏远微笑道：“您太高抬我了，我就是个中学班主任，能把毕业班带好，是我最大的幸福和成功，我们这个社会目前还是只能接受名利双收的人去做报告的，对吧？不过话又说回来，刚才我还忘记就您孩子的事做一点解释，光顾得胡说八道了。满晨是个好学生，也是11班成绩最好的学生，不过，这只是一个月前的情况了，现在班里又来了一名新生，比满晨的分数要高很多，我相信您的儿子将会在后面的一年里找到榜样和新的动力，总能发现比自己强的人，才能让自己更成熟，以前常听说一些各地的状元在当地多么多么孤傲，可是一旦去了北大清华，就会发现那里面都是和自己水平差不多的孩子，很多人一时就无法面对这种巨大的失落感，甚至影响了学业，这就是缺乏集体主义磨炼的一个例子啊。”

满江好奇地问：“刚才朴老师说起的那名新生是谁？家长来了没有？”

农民工老刘就不知所措地站起来：“啊，刘小彤是我儿子，我是他爹。”

满江望过去，重重地点点头说：“很荣幸我儿子能和比他强的同学在一起学习，而且偏偏是在学习上比他强。”

老刘说：“小彤不是在别的班排第二么，人上有人天外有天啊，这个道理俺是懂得，他要是愿意帮助同学学习，俺也支持，一辈子你能帮过的人其实算起来没多少的，这个道理俺也懂得。”

满江笑道：“你们看吧，我竟然还没这位家长风格高呢，我白混了！”

林栋梁就哈哈大笑：“满书记啊，你现在帮帮朴老师也来得及啊！”

朴宏远说：“我还真需要帮助，需要在座的每一位家长的帮助。”

满江认真地问：“朴老师你就直接说吧，需要啥帮助？我们这么多家长呢，力量肯定也不小。”说到这里，满江忽然意识到自己似乎也进入到一种集体的氛围里去了，这感觉相当的好。

朴宏远就说：“我给 11 班的同学定下了七条班规，而对于各位家长，我想把这些班规简单修改一下，希望大家也能遵守，就算是帮我了。”

霍然父亲喊：“朴老师那七条班规我早就都知道了，非常好，非常务实！”

谢国萍的父亲说：“你知道了我们还不知道啊！都静静，听朴老师讲！”

朴宏远就把 11 班家长班规依次说了：

第一条：你们都是独生子女，所以全体学生就是你孩子的兄弟姐妹，你得认可。

第二条：孩子们之间不存在竞争，作为家长你要学会忽略成绩排名。

第三条：你们即将失去一年孩子，极少见面，这也让你们提早适应孩子去远方上大学的失落感。

第四条:在这一年里,你们不可以有家庭悲剧出现。

第五条:克制自己少给孩子打电话,少发短信,可以多写信。

第六条:不可以再给孩子添置任何新衣服新玩具,同时控制零花钱的供应。

第七条:你们只能每个月的第一个周六来看孩子,不可以带离学校,天塌下来也不行。

20

家长们听完都傻了,但是经过一番窃窃私语,看满江和林栋梁带头认可了,也就都跟着点头通过。

满江激动地说:“从现在起,我们就把孩子正式交给你了!朴老师,我还从来没这么信任过一个人。”

林栋梁感慨道:“朴老师,你父亲就是我当年的班主任,那是我一辈子都信任的好人好老师!就凭这个,我也信得过你!”

霍然父亲说:“咱们大家也算一个集体嘛!到时候可以一块儿来看孩子们啊!”

王聪妈妈说："我觉得朴老师让咱们写信给孩子这个办法不错，现在写信的人少了，可我觉得还是信更能说明道理，我也会把孩子的回信都留着，以后看看她是这么长大的，一定很有意义啊！"

朴宏远望着窗外，不知不觉竟然天色渐黑，就说："差点儿忘了，我提前让孩子们写了第一封信给你们，大家现在可以打开看了，就在他们各自的书桌里。"

家长们就纷纷找出信件，拆开阅读，一时间教室里就变得寂静下来，之后，慢慢地传出了啜泣之声。

林思源在给爸爸的信中写道：……你是最好的爸爸，和别的同学比起来，我也该是最幸福的儿子，可是我不是最好的儿子，就像你以前说的，我不配做你的接班人，当时我也不在乎这个，但是现在我懂了，比起我们班上的詹翠爽，我真的什么都不是，她都准备自己挣钱去上大学，然后养妈妈，而我简直就是个寄生虫！未来的一年我会努力的，考大学去！不出国了！除非我以后能考上托福雅思我才会去，还有，那辆车我也不要了，你帮我保管吧，等到我配开它的那天，我再去开！爸，你儿子不是笨蛋，我会证明给你看的！

林栋梁透过蒙眬的泪眼，看到满江也是眼圈红红的，还有很多家长都哭了。

刘小彤的信让父亲泪湿了衣袖:父亲大人,我会考上名校的,也会拿下奖学金,还会找到好工作,以前都是你为我吃苦受累,以后我会撑起这个家!

王聪的妈妈甚至把女儿的信念了一段:“妈,你生我的时候是难产,每次我看到你肚子上的刀疤就会想,那该多疼啊,现在我要努力考大学了,也很难,不过我会像你一样挺过去的,曾经看到别人的妈妈为女儿取得好成绩掉眼泪,我好想也让你这么掉一次,我会的!说好了,到时候你可别哭得太凶啊……”

过了好一会儿,朴宏远看家长们都把信仔细收好,就从一个空座位上起身说:“我要特别介绍一下班里的一位男同学,他叫徐庆,这次家长会之前我让他写一封给父母的信,他最初是拒绝了,因为他的父母都不管他了,然而据我查看以前的材料,发现这个孩子是以中考第一名的成绩进的11班,可现在却是倒数的几名,我问他原因,他说,在惠林上中学就挺好,要真考上大学了就没人管他学费了,所以他宁愿留级。后来,他还是写了信,现在我就给大家读一读吧——”

亲爱的爸爸妈妈:

我知道这将是一封无人拆阅的信,因为你们

都已经有了新的生活，而我，只能是你们失败婚姻的产品，一个离散家庭的见证者，是你们不喜欢面对的人，我都理解你们，从来没有怪过你们，你们能好好地开心地生活就是最好的事。我已经长大了，如果以后你们老了，还想见我的话，我肯定会去看望你们的，因为在我小时候的所有记忆里，你们都是爱我的。

我是个坚强的人，从来不会埋怨命运，因为我知道命运就是这样一种东西，在你觉得不重要的事情上，告诉你其实那才是最重要的，前提是，当你失去时。很怀念我6岁上小学的第一天，你们俩一块儿抢着去送我和接我，现在我从附小门口偶尔经过的时候，总会看到这个画面，会觉得很温暖，尽管有些小伤感。

写着写着，我真的难受了，你们俩像是飞向了外星球，可我还在地球上等着你们越来越少的消息……

难受了，就不写了，就到这里吧！

永远爱你们的庆庆

信读完了，在场的所有家长无不唏嘘落泪，甚至连满江这个严肃的父亲都忍不住泪流满面，只得用手遮住了眉头。

林栋梁大声说:“要是没人管,这个孩子我就管了。”

满江说:“大家一起管吧，朴老师不是说了吗我们也是个集体。”

家长们纷纷点头同意。

朴宏远却说:“这件事其实已经有人管了。”

林栋梁问:“谁？”

朴宏远眼睛里热热的:“就是你儿子林思源啊！”

林栋梁看着天花板,长长地出了一口气。

朴宏远继续说:“从明天起,11 班的家长班规开始启动,现在你们可以去看看自己孩子了,他们就在楼下守着,担心我这个班主任搞不定你们,怕你们不肯放手呢。”

家长们拥到窗前去看,教学楼下的小广场上是 11 班全体同学的整齐列队,都抬头向上望着呢。已经是入夜时分,路灯昏暗,59 双眼睛灿若繁星。朴宏远感慨地说:“孩子们从你们进入教室开始，就这么一直站在下面,他们告诉我,家长会开得越长越好,他们宁愿站到天亮。”

有家长就大声招呼:“这都快 5 个小时了！难为咱们这些孩子啦！都下去都下去！”

朴宏远看林栋梁走在最后，于是主动提出单独聊几句。朴宏远希望他在惠林分校的投资意向上多做考虑。林栋梁不解,说自己肯定会考虑的,但是不晓得朴老师有何指示?朴宏远就说,投资的事情自己不懂也不该有任何指示,但是希望一年内不要开工,就算是为了你儿子能有个安静的学习环境着想吧。林栋梁当即表态，一年内绝不会开工，而且他对这项投资也充满顾虑，如果母校是毁在自己手上，那就真成惠林的罪人了。朴宏远踏实多了,趁下楼的时间给孙波发了一条短信,告知内情。

孙波立刻回复:太好了!

楼底下，所有家长都拉着孩子亲密交谈，各种感动。林栋梁把林思源和徐庆叫到一起,两只手按在两个男孩的肩膀上,语气颇为凝重,朴宏远看在眼里,不免由衷喜悦。只有莫晓晓独自一人,站在角落里发呆。

朴宏远走上去问:“你妈妈怎么没过来?你没通知她?”

莫晓晓点头。

“为啥不通知?”

“不想,因为我妈太忙了。”

“我看不仅仅是这个原因吧?你要是还认我这个老

大,有什么心里话就直接和我说行吗？”

“嗯……我妈跟我说过，如果没有让她高兴的事，就别没事让她来学校了,她最烦被老师训,尤其是因为我……”

“好,我知道了。”朴宏远想了想,就提议说,“那咱们共同努力,做出让你妈妈高兴的事来好不好？”

莫晓晓忧郁地一笑说:“其实只要我不给她添麻烦,她就挺高兴的呢。”

“这是什么意思？”

“因为她快要结婚了。”

看莫晓晓转身走开,慢慢消失在甬道的黑暗里,朴宏远心里特别不是滋味,不禁想,离散家庭最受伤的其实就是孩子啊，那些因为婚姻破裂而装作郁闷愁苦的父母们,一天到晚地抱怨别人,其实都是胡说八道。

这次家长会还是很有收获的，朴宏远前前后后得到一堆财物。他把所有的东西详细地列了个清单,如下:

林思源家长:现金 10000 元整。

满晨家长:茅台酒 2 瓶,中华烟 4 条,各种精装茶叶8盒。

章之林家长:苏烟、玉溪烟各两条。

关宥荷家长:购物卡一张,据她爷爷说里面是2000元。

王聪家长:饭店储值卡一张,标明1680元。

谢国萍家长:手机充值卡12张,每张100元。

李少谦家长:鲁花牌花生油10桶换物小票。

霍然家长:温泉中心20张招待券。

刘小彤家长:柴鸡蛋10斤。

詹翠爽家长:白衬衫一件。

其余的家长主要是送购物卡,二百、五百的居多,而且非常统一地选择了距离学校最近的“惠友超市”。还有就是一些乱七八糟的东西,听说朴老师有上幼儿园的女儿,就有送奶粉和服装的,听说朴老师爱吃鱼,就有送海鲜的。更有甚者,有人还送了一对前清镇尺,家传已久,置则无可用,认为朴老师才情满满,理当擅长书法。

朴宏远把这些东西都锁进办公室的柜子里,单拎了海鲜和鸡蛋离开。才走出教学楼,迎面正碰上李少谦的妈妈。李妈妈急忙说:“朴老师啊,我想找你说个事儿！”

朴宏远手里拎着家长送的东西，有点儿不好意思：“啊，您说。”

“下午我过来的时候，在学校门口拿到张这个——”李妈妈从包里取出一张传单，继续说：“我看这上面介绍的还不错，就想给孩子也报个班，但是我又担心孩子去上这种课的话再把正课丢了，所以就想和朴老师商量商量怎么办最好。”

朴宏远皱眉问：“少谦的意思呢？您问过他没有？”

李妈妈答：“问是问过了，他说无所谓。”

朴宏远点点头又问：“您是不是担心少谦考不上大学呢？”

李妈妈见对方神色有异，立刻觉醒了，就有些尴尬地讲：“朴老师您可别多想啊！我不是担心您的能力，就凭您今天这个班会开的水平，我就信得过您，可是我信不过孩子啊，少谦这孩子太淘气，虽然脑子聪明但总不用正道上，这些年可没少让我为他操心，现在还剩下一年了，万一他还是不肯努力学习，我看连个三本都危险啊！这传单上说艺考难度要小得多，我们这个孩子活跃好动，估计也适合走艺术类院校啊，报个播音主持什么的我看也挺不错，就算他往后这一年能努力学习，真像朴老师您说的那样，也能提高个一百分的话，没准儿真能上个二本噢，那当然更好啦，不过现在报个艺考班也耽误不了多少时间的啊，咱都是为了孩子将来能出息，就算是加个双保险吧！”

朴宏远听明白了，李妈妈信不过自己的孩子，也信不过老师，她信骗子。今天班会上也忘记讲这件事了，还不知道有多少家长拿到了这种传单，产生了多少梦幻。

李妈妈很希望班主任能看看这张宝贵的纸，于是主动帮他拎海鲜盒子。朴宏远接过传单，假装认真看了一遍，然后说：“看起来还不错。”

李妈妈微笑道：“就是啊，要不是今天来开班会，我都不知道还有这条路呢！”

朴宏远示意边走边说，他脑子里迅速做着主张。

李妈妈建议道：“朴老师您看这样好不好，我明天先给他报个‘白金保过班’，就上一个学期的课，每周末让他出去听两节课就行，等高三最后一个学期呢让他再好好努力，最后冲刺一把，然后等高考前我再给他报个‘黄金冲刺班’，应该就万无一失了，您说呢？”

朴宏远却问：“少谦的兴趣爱好是什么？”

“兴趣爱好？”李妈妈糊涂了一下，想了想回答，“他喜欢旅游，小的时候就说要当旅行家，要周游世界呢。”

朴宏远点点头说：“看来他不会喜欢播音主持这个专业的，您没考虑过吗？”

李妈妈摆摆手说：“嗨呀！现在还考虑那么多干吗？能考上就行，考上啥都行啊！再说了，学学播音主持也和旅行沾边啊，万一他将来想当导游呢，总得能说会道吧。”

朴宏远苦笑道：“他要是不喜欢这个，那让他去听这种课也没有意义啊，私人班授课毕竟不能和正规学校比，纪律性差，愿意来就来愿意走就走，他去没去听课咱们不清楚，他听进去多少咱们也不清楚，万一他对这种课很抵触，再把正课耽误了岂不是得不偿失？”

李妈妈认可：“我也是特别担心这一点才来找您商量啊！嗯，实在不行，我豁出去陪他听课去！”

朴宏远摇头：“我不赞成这样做，孩子是您的，学生是我的，可兴趣爱好却是他自己的，咱们这三方只有达成一致拧成一股绳才是最好的办法，您说对吧？”

李妈妈仍不甘心：“朴老师啊，我其实理解您的心思，真的理解！可是你看，这上面确实有考上的学生啊，还是重点大学哪！文化课三四百分就够，少谦已经没问题了，只要剩下这一年好好学学专业课，文化课也别丢了，应该没问题啊！”

朴宏远停下，把那袋鸡蛋挂在一个树杈上，然后掏出手机，对照传单上“优秀学子”的联系电话拨号，同时打开免提。

第一个号码是空号，第二个号码欠费停机，第三个号码倒是有人接了，却是一个外地口音的老大爷，连续喝问有啥事，最后骂骂咧咧地挂了。

李妈妈吃惊地问：“骗人的？”

朴宏远说：“骗子通常会研究大众的心理，他提供一些照片、姓名、号码才能显得更有说服力，而且知道我们一般不会给这些号码打过去的。”

李妈妈半信半疑道：“也许这些号码是学生上大学之前用的呢？去了外地学校之后肯定会换号码的啊！”

“那咱们再来一个特别的测试。”朴宏远自信地一笑，指点着一个名为“马林”的学生照片说：“这回咱们打给招生的老师，他的号码肯定是真的。”朴宏远按照传单下方的报名电话打过去，对方立刻接了。

“喂！是汤老师吗？啊，我啊是马林的爸爸，请问他的书包是不是忘在你那里了？”

对方诧异道：“马林？谁是马林啊？你打错了吧，神经病！”

朴宏远注视着李妈妈,等她开口。

李妈妈尖叫:“真的是骗子啊!马林是他班上毕业的最优秀学生,他怎么会不知道呢?我可真糊涂啊!”

两个人一直走到学校门口,东拉西扯聊了不少有关李少谦的话题,朴宏远还借机要求李妈妈负责宣传一下这件事,不要让更多的家长上当。李妈妈当即表示保证完成任务,不要低估妇女们传播消息的能力,请朴老师放心。朴宏远有所放心,帮李妈妈拦了一辆出租车,寒暄告别。李妈妈千恩万谢感慨连连,钻进车里,绝尘而去。

朴宏远走了一会儿忽然想起什么,往回紧抢几步:“我的海鲜!”

21

莫晓晓被查出怀孕,是在暑假快要结束的时候。

朴宏远带班正上早自习的第一节课,莫晓晓忽然捂着嘴跑了出去,面对惊讶的同学,朴宏远很有把握地说:“一定是早上吃了不卫生的东西,我去看看她。”

朴宏远追到女生厕所门口,听到里面有连续呕吐的声音,就开始暗暗担心。他等了片刻,敲敲门问:“晓晓你怎么样了？”

莫晓晓好一会儿才走了出来，很是无精打采：“老大没事，我没事了。”

朴宏远仔细观察她的表情说：“如果这事和我猜测的一样，你可千万别和我撒谎啊，赶紧告诉我，咱们好赶紧解决。”

莫晓晓却坚持说：“我真的没事，老大你思想咋这么复杂啊？”

朴宏远又低声嘱咐了几句，就下楼走了。

暑假期间，全校只有 11 班继续上课，经过和孙校长的通融，学生宿舍也照常使用，只是食堂不能开放，朴宏远就在学校后街里找了两家干净的小餐厅，定点给学生们做饭，每人每天三餐的标准是 20 元，为了确保饭菜新鲜卫生，朴宏远以满晨父亲送的礼物为诱饵，让朴修田充当一名食品卫生督察员蹲点在餐厅里，老爷子在家正闲得无聊，也乐得于此，面对店主对偶尔凑合行为的解释，朴修田一概摇头反对，反正也听不见。

这里需要补充说明一下，班里包括詹翠爽在内的几名家庭困难的学生，很难面对这每天 20 元的伙食标准，不过林思源等人已经做了周密部署，那就是用学习辅导换取饭费，几名经济条件好却学习成绩差的学生，一对一的和这些困难生组队，结果是双方都很开心自在。

朴宏远每天跑一次“惠友超市”，采购营养品给学生们夜自习的时候吃，所谓营养品，不过就是每人一个苹果、一个鸡蛋、一包牛奶和一小块巧克力，但这一项开支也并非小数目，林栋梁送的那 1 万元现金和关宥荷等家长给的购物卡全被花了个干净。不过，这也引来了两件有趣的事。

超市见朴宏远是“大客户”，就指派一名大嫂每天傍晚的时候蹬三轮给送货上门，一来二去，这名孤独的大嫂与学校的门卫——鳏居多年的一大叔，暗生情愫，后来还闪电成亲了，惠友超市与惠林中学的组合被同学们传为美谈，史称“双惠集团”。

第二件，“11 班胡说八道神人群”已经改旗易帜，正式更名为“朴家班天天向上群”，且满编 60 人，只在每天晚间熄灯前后开聊，内容除学习之外，基本都是讨论吃的话题，被朴宏远讥讽为“一群吃货”。关于“11 班夜自习四件宝”吃的顺序，大家几乎每天都聊，有人说应该先吃鸡蛋再吃巧克力，然后苹果最后是牛奶，也有人说先吃巧克力再去吃苹果的话，会觉得苹果就不甜了,所以巧克力应当作为压轴,乱七八糟的排列组合共计百种之多,有些手段简直可说是极品创意。徐庆说只有这样吃最为讲究:将苹果核剔出,取鸡蛋放入,融巧克力于热牛奶之中,俄顷,啃一口 Apple,饮一口牛乳,人生享乐不过如此尔。

近一个暑假下来,詹翠爽对霍然说,自己体重竟然涨了十斤,而你却瘦了十斤,这也太难为情了。霍然说,这样就物质守恒了嘛。

11 班的暑假是这样度过的:早晚各有两节自习,其余时间比较自由,同学之间可以交流和帮带,一些办班的老师也经常过来招人去办公室开小灶。每周六休息一个白天,可以去操场或者后街里行走,也可在宿舍里狂睡。周日内部考试,都是全国各地的历年高考试卷,朴宏远用 10 桶花生油、10 张手机充值卡和 20 张温泉澡票为代价,聘请三位退休的班主任和他一起判卷,但成绩均不公布,只对部分人的部分问题作专门抨击,并经常"指出一条明路给你"。

对于这个暑假,林思源后来像个饱学之士般感慨地讲:"时间确实不够用啊!子在川上曰,日子嗖嗖嗖。"

朴宏远去了趟药店,匆匆返回,上到三楼的时候正碰上莫晓晓从卫生间出来，一脸的不自然。朴宏远就暗示她跟自己走。来到楼下僻静的角落，朴宏远掏出一个盒子说："你一会儿去试试这个，听话。"

莫晓晓一看，是支早孕试纸，脸就红了，尴尬地说："老大啊，我没事的啊，你这算干吗？"

朴宏远说："如果你还认我这个老大的话，就赶紧到操场那边的厕所去试试看，那边安静没人，你按照里面的说明书做，要是出现两道红杠杠那就是有了，要是只一道红杠杠就没事，你没事的话我才能放心，真有事了也别瞒着我，因为这种事越瞒越大，你懂不？"

莫晓晓把头低下说："老大，要真有事，我会被开除的吧？"

朴宏远摇头："不，我会帮你，你别忘了班规第七条是怎么说的。"

莫晓晓缓了缓情绪，倏地抬起头："那我听你的。"

望着学生走远，朴宏远心里特别不是滋味，不行，不管出没出事，她那所谓的"老公"必须得会会了。

朴宏远记得莫晓晓这个暑假没有请假，请假卡还给了谢国萍，谢国萍也放弃了机会，送给了关宥荷。关宥荷成绩提升得非常快，几次内部考试都逼近了霍然，但是体力也耗费巨大，外加身子骨单薄，有一次下了夜自习竟然昏倒在宿舍楼外，等她在救护车上苏醒后，对朴宏远和几个同学说的第一句话就是：别告诉我爸妈啊，休息几天就能恢复，可我就一张请假卡……待关宥荷从医院回来后，手里竟然有50多张请假卡，她欢蹦乱跳地跑进教室对大家说，我归队啦！我一辈子也不会忘了这件事，难忘大家这么爱我！非常幸福，谢谢你们……说着说着就哭了。

同样是小女生、小姑娘，相比莫晓晓来说关宥荷是多么的单纯和天真啊！这才是一个女孩该有的成长经历啊！朴宏远想到这里，心就越发沉重，一根一根地抽烟。

莫晓晓走回来的时候，脚步迟缓，朴宏远竖起两根食指询问，莫晓晓就远远地点了点头。朴宏远一跺脚，背过身去，真想找个人打一架。

莫晓晓靠近说："老大，我不敢去医院。"

朴宏远转过身来的时候，脸上还是有些微笑的："没事别怕，老大陪你去，替你保密。"

莫晓晓就抹起了眼泪："老大啊，我不想活了都……"

朴宏远感慨万端，仅仅就在几个月前，面前的这个人精儿似的小姑娘还和自己贫嘴请假呢，也是在这个地方啊。

鉴于满晨的指点,刘小彤不敢不去听课,可又真觉得花这个钱实在不值,心想,既然是补习班又不是上正课,干吗听出错误来还不说呢?自己也是消费者嘛。

在连续两次遭到刘小彤的质疑之后,何士英变得有点儿下不来台了,在办公室里溜达了半圈,猛然一个华丽的转身,露出一丝浅笑和几分宽容道:"这次我先原谅了你,你成绩不错,但可不要骄傲呵!"

刘小彤不顾周围几个同学的暗示,也微笑着说:"应该说是我原谅了你才对。"

望着这个乳臭未干却咄咄逼人的小男生,何士英忍无可忍无需再忍,恼羞成怒地说:"不要一瓶子不满还半瓶子晃荡!我是最瞧不起某些人,明明自己还一知半解呢却总是给老师挑错,老师就算有错误,也是非常偶然的,谁会不出错呢?用得着你多嘴嘛!"

刘小彤据理力争说:"有错就是有错,何必不承认呢,难道出错的人也该理直气壮地去指责别人挑错吗?"

何士英冷笑道:"刘小彤!你以为你很了不起是吗?请问你英语过四级了吗?过六级了吗?我可是都过了

的！你有啥资格不让我理直气壮呢？”

刘小彤针锋相对：“等我需要过四级的时候自然会过，需要过六级的时候也会过，这种分级其实很一般，和真正的英语相差很远呢！”

何士英几乎狂笑起来：“很好！很好，非常之好！我终于在当老师的有生之年见到了比我还强的学生，我该很荣幸啊！”

刘小彤说：“荣幸不荣幸的是你自己的事情，但是我敢确信，我可以在高中阶段拿下全市英语的前三名，你就未必可以做到。”

何士英彻底被激怒了，吼起来：“滚出去！Go out！”

刘小彤收拾书本起身，平静说道：“No problem，但请把我的学费退给我。”

莫晓晓被护士从手术室里推出来，朴宏远忙过去搀扶到床上，给她盖上被子。小女生惊魂未定，脸色苍白，眼睛直勾勾地瞅着护士给她吊各种输液瓶，就像一个刚被捕获的外星人。

朴宏远低声问：“疼不？”

莫晓晓用力摇头。

护士狠瞥了一眼朴宏远说：“我们这里是无痛的，

以后你们可得注意着点儿了！”

莫晓晓一脸的尴尬，把眼睛紧紧闭上。

朴宏远讪笑着回答：“好，好，以后肯定会注意。”

护士忙完了自己的活儿，用一种饱经世面的腔调叹了口气，就走了。

莫晓晓等病房安静下来，偷偷问：“老大，一共花了多少钱啊？”

“一千多吧。”朴宏远如实说。

莫晓晓咧嘴：“啊？这么多啊！不是说免费化验免费做吗？”

朴宏远微笑道：“以后再也别轻易相信世界上会有免费这种事了，懂吗？”

莫晓晓不安地点点头，又说：“老大，我慢慢还你钱啊。”

朴宏远摇头：“不用了，这钱主要也是关宥荷出的，你别担心，我没泄密，关宥荷的爸爸曾经给我送过礼，要我好好照顾他女儿，那一千块钱我始终没动，今天倒是帮你了。”

莫晓晓怅然若失道：“可惜，我没个这样关心我的爸爸……”

朴宏远问：“你现在可以告诉我另一个爸爸了吧？

就是刚做掉那个的。”

莫晓晓不想说,盯着输液器里的液滴。

朴宏远只得继续问下去:“是不是那个上次给你发短信的人?”

莫晓晓摇头:“不是他,他挺注意的。”

朴宏远哦了一声,心里更加不是滋味了。

莫晓晓看老师表情那么伤痛,忽然说:“老大,你这么帮我,我真不该再瞒着你什么了,可是你一定要帮我保密啊……”

吴则刚把莫晓晓领到家里,擦了把汗笑呵呵地问,晓晓你要不要喝点儿饮料?莫晓晓就客气地推辞,问那些打印的开班传单在哪里,自己还得马上回学校。吴则刚就翻出一沓纸递给她,莫晓晓一看,竟然是些白纸。吴老师就用一种奇怪的腔调说,晓晓啊,虽然你已经和陈志威好过了,可那小子是个浑蛋,不懂得珍惜像你这样的好女孩啊,不过你在我心里还一直就像这些白纸一样干净的哦。莫晓晓感觉出来不对头,想立刻离开,却被吴则刚吼住,晓晓你看看这是啥!这些照片都是你吧?你难道希望我把这些照片交给学校吗?让你妈妈知道就更糟糕了不是吗?莫晓晓吓坏了,乞求吴老师帮她保密。吴则刚就说可以可以,边说边来解女生的衣服,像拉扯一只小羊似的把莫晓晓掳进卧室。整个过程莫晓晓都没有丝毫的反抗,她确实吓坏了,满脑子都在琢磨这些照片是如何来的,还有妈妈要是知道了的后果,她几乎都不明白吴老师压在自己身体上在做啥,有时候她也会清楚,但瞬间又觉得很糊涂。

整整一个下午,吴老师纠缠不休,其间还考问了这个女生几个历史问题,希望她能更专注些,可是莫晓晓的精神总是无法汇聚,她不再害怕,却开始悔恨,她甚至想到如果让赵郑知道了,会不会再也不爱她了……傍晚的时候,吴老师忽然意识到忘记采取避孕措施,就说出去买饭,要莫晓晓留下等他。莫晓晓哀求他放自己回学校,但是遭到拒绝,吴老师的原话是:你还想逃学吗?我的课还没上完呢!

之后就到了暑假,吴则刚每周在学校开班的时候都要找她,如果莫晓晓只交了补课费而不来听课的话,吴老师就会让同学去叫她来,一节课讲完了,他便留下莫晓晓说帮忙整理办公室的桌椅,等其他同学都离开了,就把她从五楼扯到三楼的女厕所去……

病床上的莫晓晓平静地讲完了这些,就像讲了一个梦，随后她用一种近乎安慰似的口气对朴宏远说：“我已经麻木了，很少仔细去想这件事，老大，我现在一心想把学习搞上去，不拖全班的后腿，他找我，我就去，啥都不多想了。”

朴宏远气得掉眼泪，说道：“你好傻啊！你可以告他强奸都行，不能再让他这么糟践你了啊！”

莫晓晓依旧平静地说：“我不恨他，真的，我觉得这都是我的报应，我不该和陈志威那样的人好，随随便便的，老大你不是说过最讨厌随便的人吗？我就是太随便了，所以才会碰上这样的人，再说，我就算真告了他，他被抓被判刑对我有什么用呢？我还怎么在学校待下去？我妈妈知道肯定会发疯的，我还怎么考大学啊？还怎么在咱们 11 班不当逃兵？”

朴宏远压抑住心头的疼痛，他明白自己此时的身份和意义，于是努力莞尔一笑说：“晓晓，或许你是对的，你善良，肯把伤害看作是自己的原因，但是你要记住老大的话，以后不能再这样下去了，我们出生到这个世界上都是被动的，我们要是活着也被动，死的时候也被动，那这一辈子岂不是很无趣？”

莫晓晓想了想，点头。

朴宏远问：“刚才在三楼女厕所，也是他拉你去的？”

莫晓晓嗯了一声，转过脸去。

朴宏远心情沉重地走进教室，简单和班上的学生们交代了一下：“莫晓晓早上吃坏了肚子，上吐下泻的，正好她妈妈出差回来看她，就把她接走了，过几天就回来，上次关宥荷请假的时候卡还剩下很多，大家不会有意见吧？”

大家纷纷点头，也就没当回事。朴宏远转了一圈，就见满晨朝自己递眼色，于是示意他出去说话。

满晨在走廊里汇报说：“刘小彤和何老师闹翻了，刚刚的事。”

朴宏远一惊：“怎么搞的？你仔细说，别带任何个人色彩。”

满晨便从头说了一遍。朴宏远听完之后就觉得头皮发紧，太阳穴刺痛，好像都能感觉到有些白色的头发拼命往外钻。沉默片刻，他让满晨叫刘小彤出来。

刘小彤一出来就说：“我帮同学辅导功课一天两节，才能挣20元的饭费，而且是一对一的辅导很用心，可像何老师这样的人呢，一节课就要我们 40元，而且必须是最少五名同学去上她的课，她一天也上两节，那么最少就收入400元啊！一个暑假粗算下来，两三万的进账不止，这才仅仅是我们一个班，她在家里还带着别的班的学生呢，我不否认她挣钱很辛苦，可我想说的是，这个辛苦钱她挣得也太容易了吧？因为她要讲那么多的课，也就都不会认真！”

朴宏远理解作为农民工的儿子对钱是种什么概念，像刘小彤这种成绩的学生是没必要去参加任何补习班的，可他坚持每周去听一次，就说明是不想让某些老师有意疏远他甚至排挤他，满晨也是这么做的不是吗？学生们是无可奈何才去听课的啊！而这些收钱却不好好讲课的老师们又良心何在呢？骗钱的人肯定不是好人，如果学生们把自己的老师都看成了骗子，他们对这段人生教育该是多么心冷啊！

朴宏远打发刘小彤回去，并嘱咐他不要再想更不要再提这件事，然后就直奔办公室去找老同学何士英。

何士英何老师正哭得一塌糊涂，一把鼻涕一把泪，像个刚被歹徒凌辱后的报案妇女对朴宏远申诉道：“老朴啊，你得给我做主啊！以后我还怎么当老师啊，我还怎么给其他学生上课啊！他刘小彤仗着自己成绩好就敢和我对阵叫板，他这是什么心理啊？阴暗啊！我还一直以为农村孩子朴实呢，谁想到他一个小乡巴佬竟然比其他学生都狠都坏！老朴，你就看着办吧，你要是不帮我，我就找校长去，让学校收拾他！”

朴宏远坐在桌子上，俯视着她说：“这种事找学校似乎没啥用的，本来私下开班就不被承认，不受保护的啊，世界上哪有那么好挣的钱呢？你得清楚，你是私人班的教员，和家教差不多，他是消费者，咋就不能提意见了呢？”

何士英愣了一下，继续哭：“我不想活了啊！我真不想活了！”

朴宏远根本也没心思安慰她，满脑子都是莫晓晓的事情，就不知不觉地慢慢说：“那就，别活了。”

何士英何老师跳踉大号：“Fuck！我日你大爷的！”

22

朴宏远独自坐在办公室里发呆，一会儿想想刘小彤一会儿又想想莫晓晓，后来思维就散了，想到了很多事情和很多人。他甚至天真地想，如果有一种机器，可以把经验复制粘贴在这些孩子们的大脑里该多好？让他们尽量少走弯路，少接纳一些不堪回首的记忆该多好？人类积累了几千年的经验值，难道就只能摆放在书本里么？让百分之九十九的人重复着错误和遭遇，直到人到中年、老年的时候再去感慨，再去假装无所谓地说句“不后悔”么？也许，这就是人生的终极意义，重复与挣扎……这个时候手机忽然响了一下，他回过神，来看短信。

短信是谢国萍的爸爸发来的，内容很简短，但是别有内涵：朴兄，晚上可否一见？我想和你私下聊聊。

朴宏远回信：好！随时恭候。

谢国萍的爸爸又详细约了一下时间和地点，话里透着一股子神秘和忧郁。朴宏远一边回复着一边想，按理说他不该称呼自己为“朴兄”，该叫朴老师才对，叫小朴也行。再者，如果是聊聊孩子学习的事情，他也不该发这种短信过来，一个电话就成了嘛，看来还真有别的事。

候到天色近晚，朴宏远收拾了一下就匆匆走出学校。登上公交车坐了几站地，来到一条相对热闹的街道。正是盛夏时节，路两旁的大排档摊子生意兴隆，烧烤的烟雾弥漫在嗅觉中，大大小小的灯泡吊在半空里，感觉还很温馨。朴宏远咂巴咂巴嘴想，确实有一阵子没喝过酒了。

走了百十米，终于瞅见一块牌子戳在眼前，上书：

和为贵。朴宏远左右巡视,就听见有人召唤,朴兄——扭脸一看,谢国萍的爸爸从一个空桌旁起身致意,竟然还采用了抱拳的方式,显得古色古香又不伦不类。朴宏远赶紧招招手,靠近过去。

谢爸肯定早就来了,桌面上铺满了各色凉菜,椅子下还墩了一箱啤酒。谢爸同时向朴宏远和摊主说道:“朴兄上座!老板上烧烤!”

朴宏远就坐下,接过一支烟,四处环顾,感觉这个地方倒很适合开展男人之间的种种话题。

谢爸羞涩地一笑说:“朴兄,真的不好意思啊!你那么忙,我还把你拽出来喝酒,朴兄见谅啊!”

朴宏远摆手:“你是老兄, 可别一口一个朴兄的叫我,怎么听怎么别扭啊。”

谢爸越发矜持了:“实不相瞒今天中午我就喝了,有点儿小兴奋,所以才这么称呼你,戏称啊你别在乎,但是我也想了,叫你朴老师显得生分了,叫你小朴吧又显得不敬,哎呀呀!”

朴宏远笑道:“就叫小朴吧!”

谢爸问:“您今年多大了?”

“36 岁,您呢?”

谢爸答:“哦,我虚长您 10 岁。”

朴宏远说:“那我该叫你谢兄才对了。”

两人寒暄了几句，老板送上来一盘烤肉，热气腾腾,油花嗞嗞。谢爸矮身取了两瓶啤酒,想起了什么就问:“你喝常温的还是冰镇的？”

朴宏远答:“这天气还是喝冰镇的好！”

谢爸说:“那正好，我要的这一箱酒一半是常温的一半是冰镇的,我胃口不好,我喝常温的。”

朴宏远接过酒瓶说:“一样一样。”

谢爸却笑呵呵说:“可不一样啊！有一回我年底出差去东北,客户请我吃饭,我这人喝不动白酒,人家也没强求,就问我喝啤酒是要冰镇的还是常温的,我说大冬天的当然要喝常温的了，结果服务员真给上来常温的了,东北那边的常温就是零下二三十度,瓶子都冻成冰坨子了,让那些家伙们这一通笑我啊！”

朴宏远也乐了,感觉谢爸这个人性子直爽,挺舒服的。

谢爸为两个杯子各满上一杯酒，同时说:“所以我说，常温的未必就是热乎的，冰镇的也未必就是结冰的,天天在一块儿的人未必就和睦,有些距离的人也未必不能成为知音,你说对吧？”

朴宏远见他情绪复杂话里有话，索性也不着急打听，碰杯后一饮而尽。

谢爸见对方如此痛快，如遇知音，又满上一杯说：“小朴老师，我想问你个问题，你婚姻幸福吗？”

朴宏远心里一跳，忽然意识到今晚即将面临的话题是什么了，于是含糊道：“还行吧，谢兄你是不是出了什么状况？”

谢爸长叹一声，开始了自己的故事。

朴宏远认真听了大约十分钟，中间没有插话，他很清楚对方讲的不是故事，而是真实的正在发生的，就像面前的这盘烤肉，有温度有滋味。谢国萍的爸爸有了外遇，他想离婚，他想开始一段新的婚姻生活了。

谢爸讲完了，仔细观察着女儿班主任的表情，却看不出任何该有的惊讶和谴责来，毫无门道。他于是不好意思地问：“小朴老师啊，我知道自己这么做不好，或者说不对，但是感情这东西真的很让人没脾气，你懂吗？”

朴宏远点头：“你能跟我把这么隐私的事情说出来，这也是一种感情需要啊。”

谢爸稍一愣，苦笑了，随即又替双方满酒：“来来来，再喝一个！”

朴宏远已经失去了吃肉的胃口，他很清楚这次谈话的意义是什么。谢国萍的爸爸人到中年，事业稳定，女儿大了，妻子老了，夫妻之间没啥激情了，偏巧这时节遇上了位红颜知己，不跑偏才怪。正如他所说的那样，现在这社会离婚还算个事儿吗？那简直和换个工作一样寻常，无非就是一个决定嘛！可是，真的有那么简单吗？你一个风流老爸的一个瞬间决定，却能让我的一个学生失去一个完整的家庭啊！莫晓晓的事情难道不是前车之鉴吗？

谢爸看对方表情不快，就说："今天我之所以找你来说这个，其实是两个原因，第一，我很苦闷，确实苦闷！而小朴老师你给我的印象是开明的，所以我真的很想和你探讨一下这件事，和别人说也真的不适合，这个请你要理解啊！"

朴宏远："嗯，理解，第二呢？"

"第二就是咱们的那个班规，班规第四条，你让我们在这一年里不要出现家庭悲剧，我认为你定的规矩对，是真心为孩子们考虑，所以我因为不想公然违背这个班规才来找你谈，男人嘛要说话算数的！"

"你是想跟我打个招呼，就要私下违背这个班规了？"朴宏远紧接着问："还是想一年之后再解决？"

谢爸苍凉道："我没有时间表，顺其自然吧，其实我也不知道。"

朴宏远点了下头说:“大体明白了，但是我也发表一下自己的观点,第一,我没有你想象的那么开明,我在班会上大谈美国社会，并不意味着我完全接受他们的生活方式,刚才你也说了,很羡慕他们对待婚姻的态度,父母离异了孩子也能坦然接受等等,但是我们是中国人,有中国人的道德规范和行为准则,这不是普世的价值观,而是民族的纯粹性,是一种精神态度,说中国话吃中国饭那就要做好一个中国人！你不能两头都占着。第二,说到班规,你说男人是要说话算数的,那么你就该一定做好，我相信你和国萍的妈妈结婚的时候也会有过誓言，更相信你对目前的这个红颜知己也有个君子之约,你同样不能两头都占着,咱们不谈新人旧人之说,单论这个誓言问题,难道新的誓言出现了旧的誓言就必须要死掉?难道随着社会进步开放,我们年轻时候的誓言就真的一钱不值了?”

面对朴宏远的攻势,谢爸显得早有防备,他缓慢地斟酒缓慢地说道:“小朴老师你说的都很对，但是大道理谁不会讲?我是苦闷了想找你倾诉倾诉,你愿意批判我也正常,我接受批判,但是我也想告诉你,任何人都无法阻止我的决定,谁也无权干涉我追求幸福的权利!国萍长大了,我做父亲的义务也快结束了,而且就算我离婚，她也是我的女儿，永远是！我会继续爱她的，这不受我与她母亲婚姻破裂的影响，而且我会尽量把这件事拖到她高考结束之后，不给她造成什么心理影响。再有，追求幸福是一项最基本的人生权利，小朴老师你这么开明的人应该懂得这点吧？”

朴宏远不温不火道：“我也是有女儿的人，我不会因为女儿慢慢长大了就认为自己做父亲的义务该结束了，好像我们把她们生下来就是为了养大了交差一样。因为在父亲面前，女儿永远不会长大。而且，父母离婚不可能不影响到孩子的心理健康，在美国照样如此！你说你会在离婚之后继续爱自己的女儿，这只是你现在的想法，是一种自我安慰，可真正的现实又会怎样呢？她还会爱你吗？还会接受你的爱吗？就算她接受，你能保证你的红颜知己也能接受吗？人到中年的男人最缺的是什么？时间！你有足够的时间来保证继续关爱女儿吗？”

谢爸哑住片刻，固执道：“可是可是……我和她母亲确实没感情了，让没有感情的人硬在一起生活，难道不是残忍的事？”

朴宏远喝下一杯酒，擦擦嘴说：“感情分很多种，你说的感情只是其一，爱情嘛，爱情不能说不诱人，但是爱情是有保质期的,你应该懂的。”

“那你说什么是永恒的吧?有吗?!”谢爸不小心踢翻了一个酒瓶子,赶紧扶起。

“有啊!当爱情炽烈的时候两人都死了,就是永恒的。”

谢爸哈哈大笑:“你就会胡说,不过你说的也对。”

两个人连续喝了几瓶,渐渐都有些晕了,对话就变得更加直截了当。

朴宏远说:“其实让没有感情的人生活在一起是残忍的,但是生活中其他的残忍原本比这要多得多,你说是不是?你背叛了自己的老婆,对于她来说难道不残忍吗?你新婚燕尔去了,你老婆你女儿哭哭啼啼的,难道不是残忍的吗?一个女人在她年轻的时候看重你,以身相许,以一生幸福相托付,满以为为你生儿育女就能白头到老,可是她最后发现看错了人,所托非人,难道不残忍吗?你找到了年轻漂亮的新妻子,她呢?她能么?她全部青春都没了,换来的竟然是一个噩梦,难道不残忍?!”

谢爸眼睛里一汪,慨叹道:“他妈的!你就是会说!谁也说不过你!句句话都往人心里边扎,你这是要我放弃个人幸福去担当啊!”

朴宏远微笑道:“男人要是不肯担当，那还做男人干啥？”

谢爸举起酒杯一饮而尽，同时抹了一把眼睛说:“小朴啊,我该怎么和你说呢,我现在是举棋不定骑虎难下啊我！一方面是原配,结发夫妻,没爱情了可亲情还是有的啊！女儿也大了,我还真怕她再不理我了呢,我还想着以后送她念大学去呢，我还想参加她的婚礼去呢,跟你说小朴,我几个老兄的女儿结婚的时候都哭了,掉泪了,舍不得孩子出嫁嘛,当时我还笑他们呢,说等我办事的时候我肯定不哭,高高兴兴地送闺女出阁,可是现在这么一想啊,万一我真离了,她还给不给我这个机会呢?不管我到时候哭还是不哭……另一方面,我也确实舍不得现在这位，人家年纪轻轻的肯跟着我这个大老头子混,容易吗？都是男人,咱们敞开了随便说啊,确实舍不得,放不下啊！”

朴宏远闷头数了一下空瓶子,想了想便好奇地问:“假如国萍以后也找了像你这样一位情人，以身相许，一定要冲破层层阻力去和他结婚,你干吗？”

谢爸翻起白眼设想了一下,摇头说:“说实话,有点儿难接受！”

朴宏远继续说:“据我所知，单亲家庭的女孩一般都有这个倾向，因为缺乏父爱就愿意去找一个年龄偏大的男人，所以说有这种情感因素的女孩通常都是她们的父亲造成的。”

谢爸用牙开了一个瓶盖，沮丧道:“你这是变着法的骂我,我知道！”

朴宏远又好奇地问:“谢兄,今天你找我来聊天,其实你心里是没有最后决定的,对吧？”

谢爸用力点头,催促老板上酒,有点儿急于奔向一醉的劲头。

接下来的时间，朴宏远则滔滔不绝地谈论起谢国萍的事来,点点滴滴,有声有色。谢爸边听边点头,后来忽然忍不住了,打断道:“小朴啊！你别说了,我忽然全懂了,其实在我心里最重要的还是她们母女俩啊!我他妈错了！”

朴宏远眼睛里也湿润了,终于开始吃肉。

谢爸转移了话题说:“小朴老师啊，知道我为什么今天特别想见你吗？其实就是因为上次咱们开家长会的时候,你给我留下了特别深刻的印象,你开明,你会讲道理,你懂得用逆向思维解释问题,这可不是夸你，是我真心感受!所以在我心里一直是拿你当兄弟的,甚至是无话不谈的知己才对!今天虽然我喝的有点儿多，但是我心里完全清楚,什么道理都明白!你上次给我们大家开会,说的每一句话都对,都是发自内心的,这也是我们所有家长的共识,你真诚!你睿智!”

朴宏远赶紧摆手说:“谢兄你要是这么猛烈地夸我,我可无地自容了啊!”

谢爸两眼怔怔地瞅着对方说:“由衷地赞美一个人,其实是件非常舒服的事,不卑微不被迫不嫉妒,真的很舒服!就拿你会上说的,中国和美国的对比那些言论,我就觉得你很了不起,你分析得对。”

朴宏远却说:“会上说的,并不代表我的全部想法,当时嘛也是就事论事,自然也就侃侃而谈了。通常,道理一慷慨激昂了内涵就会显得偏颇狭隘,其实我对中国和美国在教育方面的比较也有自己的看法,老实说,他们不如咱们。”

谢爸一愣:“哦?真的吗?愿闻其详啊!”

“美国的教育,尤其是中小学阶段的教育确实有他的独特风格和优势,比如说他们鼓励孩子们大量地去阅读,通过阅读相关书籍来解决相应的问题,这是一个很不错的办法。举例说吧,假如老师让学生们写一篇关于‘中美两国教育差异’的文章,那么美国的孩子们就会去阅读双方的资料,中国的教育方式和现状、美国的教育体系和指向，通过这两方面的阅读，他们自然会得出分析结论，即美国的教育有很明确的目的性，要你努力去当总统去当明星，推崇的是一个人生目标一个最佳结果，而中国的教育则是让你不断提高自己，不断反省自己，以让自身逐步走向优秀为目的，并不看重或指明最终结果是什么，注重的是过程。但是咱们不妨掰开了说，当总统当明星固然挺好，可是又有几个人能实现呢？一个被神话了的梦想有没有现实价值呢？当一个孩子长大之后才发现自己曾经的梦想只是一个梦的话，他会不会超级失落？而反观我们的教育，只要我们的孩子肯认真读书，他长大了回想起来，没有谁会为此感到失落的，对不对？”

看谢爸点头，朴宏远接着讲：“因为他们注重结果，梦想过于远大，所以显得华而不实，我认为如果让一个孩子在中小学期间就养成当总统的梦想，远不如比考上一所好大学的奋斗目标更实在更有前瞻性，再有，美国的教育存在一个致命的错误，他们由于过分强调个人的价值而忽略集体意识，过分强调远大梦想而抛弃了步步为营，结果就是导致了孩子们的心灵孤独，认为自己的所有同学都是对手，都是和自己竞争总统的候选人，为了显示个人的特性个个孤傲不羁，不合群，追求的是个性时尚,早熟、叛逆、盲目追星,甚至是吸毒!还有,美国是个注重阶级的社会,有钱人的孩子在私立学校读书,更有钱的则被送进贵族学校,而普通人、穷人只能在社区上公立、公益学校,这让孩子们从小就被划分出了等级,他们的同学和朋友只能以父母的收入为选择,换句话说,穷人的孩子没机会和富人的孩子交朋友,甚至连坐在一间屋子里的机会都不存在!所以在大学之前的这一段学习阶段里,美国孩子无论从智商情商上和我们比,都不是对手。”

谢爸插话说:“你这么一说,好像还真是这个样子,我还一直以为我们什么都比不过老美呢!这算不算是崇洋媚外啊?哈哈!”

“哈哈!可以准确地讲,我们的中小学教育完胜他们!我这么讲不是盲目自大,我有数据,数据是不会撒谎的,唯一让我不认同的地方就是我们在不必要的功课安排上浪费了太多时间和精力,尤其是英语,真的不必要当成一门主课,我女儿现在才上幼儿园大班,居然也开始学英语了,请问这有个屁用?那么小的孩子连母语都说不利索呢,学外国话不是笑话吗?小学生中学生不断地被升级对英语的学习压力,一天到晚的背单词,这不是笑话吗?就算他们大学过了英语6级,就真的可以和老外顺畅交流了吗？就真的可以在国外行走自如了吗？老实说，不常用的技术是会生疏的，不常用的工具是会生锈的，一旦工作了几年，单词也就快忘光了，就算偶然出个国，照样得带本外语手册，说真的，十几年的英语学习不如买个'快译通'管用！严重的浪费人力物力资源啊！"朴宏远感觉话题扯远了，于是又说："抛开两个民族教育理念的大问题，咱们来说说眼前，谢兄你肯定希望国萍能考上好大学吧？嗯，相信她也是这样想的，而且已经开始努力去做，你希望自己的孩子高考顺利，每个家长也都是这样希望的，而我呢，我希望的是整个11班的孩子们都能如愿，因为他们都是我的孩子，这么说不是想表达我本人多么多么伟大和博爱，我是真的这样想的，所以真的不希望任何一个孩子掉队，不希望任何一个孩子出了问题，尤其是不希望他们被迫出现问题，比如说家庭问题，家庭是社会最小的单位，如果在这个基础环节上出了毛病，那可就是无与伦比的错误了啊！"

谢爸有些惭愧，自罚了三杯才说："朴兄啊，其实我们骨子里都是传统的人，可是现在人们一提传统好像都是嘲笑的意思了，好像就是守旧不开放，其实传统没什么不好不对，说明还有自我的东西存在，还能有坚守有底线，今天和你喝了这么多的酒说了这么多的话，我忽然发现自己又长大了，很惊讶！”

朴宏远大幅度地摇头说：“都是随口乱说的，男人永远都是孩子！”

谢爸哈哈大笑。

朴宏远又说：“不过有一点，我说出来你可不要多想，也别硬往自己身上套，说起男人二字，我有个最朴素的判断，你想不想听？”

谢爸用力点头：“想听啊！你就算骂街我都想听！”

“判定一个男人的优劣，只一条，他肯不肯负责。”朴宏远一字一句讲：“如果他会为一己之私欲，就能抛弃家庭和亲情，那么他就什么都能干得出来，他就是一个彻头彻尾的浑蛋！”

朴宏远这话嗓门很大，附近几桌的男人都听到了，纷纷投来各色目光。谢爸连忙挥舞着胳膊说：“没事没事，他骂的是我，我该骂！”

朴宏远哈哈大笑，仰脸看头顶的灯泡，在一片光亮的背景里，夜空朗朗。

沉静了一会儿，谢爸讲：“叫你朴兄还是有道理的，朴兄一席话，拐弯抹角给我解决了大问题！也挽救了我这个家，你刚才说的没错，在父亲面前女儿永远不会长大,我也发现了,国萍在外面挺大气挺会与人交往的,可是一回家一瞅见我,就跟小孩子一样呢,搂着脖子闹腾,还咬我呢!你说我怎么能忍心不要她了呢?如果当父亲的非要把女儿逼着那么长大,那他肯定是个王八蛋!"

朴宏远忽然感伤道:"国萍真的很懂事,在班里表现得也很大气,也懂得支持老师工作,我现在特别担心,担心有一天她毕业走了,他们都走了,把我一个人丢在11班空荡荡的教室里,我该怎么面对啊,这也是藏在我心里的隐私,不合适跟其他人说的啊……"

两个男人都掉了泪。

这一夜,他们俩喝到几近不省人事,直到客人都走光了老板好言相劝,才愤愤不平地离去,并相互搀扶着去寻找出租车。

23

开学前的最后一天,莫晓晓返校了,看样子精神头还不错。吴则刚见着了,心情就非常愉快,敷衍地上完历史补习课后,就对办公室里的几名同学说:"这个假期马上就要结束了,相信大家通过这一阶段的补习都会有不同程度的提高，好了，新的一个学期，大家都要加油了哦！对了，莫晓晓，你留下吧，帮我把屋子整理一下。”

莫晓晓就沉默了，慢慢地起身把书本塞进包里，开始打扫地面。看学生们走远了，吴则刚就在门口重重地咳嗽一声，踱下楼去。

莫晓晓跟进女厕所，反手把门锁上，认真地说：“我再见你最后一次，以后你就别再找我了，好吗？”

吴则刚好奇地问：“怎么了？难道你又有新相好的了？你就不怕我把你那些照片公布出去？”

莫晓晓摇头：“我没新认识谁，但是你让我怀了孕，刚做掉，以后我真的不想再这么糟蹋自己下去了，我还想考大学呢。还有，你让我帮你联系燕子，燕子不同意，你还是去找年龄大些的人吧，放过我们这些小女生吧，算我求你了。”

吴则刚开始靠近，并笑呵呵地说：“来吧，以后再说以后。”

莫晓晓犹豫了一下说：“这真是最后一回了，医生都说现在不能做，你要是真心喜欢我，就把那些照片都烧了吧，求求你了，你要是还缠着我不放，一定要鱼死网破我会告发你的。”

吴则刚嗤笑:“你告发我?我会怕你告发我?哈哈,你是自愿的好不好?不信你就试试去,看最后谁更丢人!写进你的人生档案,叫你一辈子抬不起头来!甭废话,快脱!”

莫晓晓眼泪就下来了,蜷缩在墙角,看对方步步逼近。

“吴老师真是了不起啊!”伴随这句话,两扇小门同时打开,孙波和朴宏远走了出来。

吴则刚差点儿晕倒在地,慌乱地说:“怎么你们……也在这里?”

孙波冷冷道:“既然吴老师选择在这种地方给学生上课,那我们也只能到这里来找你不是?走吧,去开个会,就差你了!”

上午最后一节课的时候,何士英忽然走了进来,站在讲台中间咳嗽了一声说道:“同学们,请注意,我有话要说。”

班上所有同学就都放下手中的书本,不知这位英语老师要干啥,满晨瞅了刘小彤一眼,有点儿担心。

何士英说:“前几天呢发生了一件非常不愉快的事,我想大家或许都知道了,你们11班团结嘛,这个我早就听说了，所以呢，我今天就是来说说这件事的，算是给大家一个交代。”

刘小彤望着老师，可对方的目光始终不看自己。他想，那天也确实是太不给何老师面子了，让老大也跟着难堪，实在不行，豁出去给她道个歉算了。

何士英又咳嗽了一声说：“我嘛脾气就这样，直爽，心里有话就说，绝不隐瞒，大家可能也知道我和你们朴老师的关系，我们是大学同学啊，交情不比你们近吗？”

林思源偏过头去，对同桌低声说：“未必哦。”

霍然憋住笑，轻轻点点头。

何士英增加了一个音高说：“我今天并不是来兴师问罪的！更不是要打击报复某一个同学，我可没那么矫情和狭隘！我已经私下和你们朴老师交换了意见，我真实地发现他是特别特别爱你们，其实我也一样的啊，谁的学生谁不爱呢？所以，我不怕朴老师护犊子，更能理解他，虽然某个同学确实让我非常失望，伤我自尊，可是一想到朴老师这份对你们的情意——无私啊！我还有啥可想不开的哪？况且，那位伤我自尊的同学也已经幡然醒悟了，并作出了悔过的表示，那我就更不能说啥了，再矫情下去就显得我何士英差劲了不是？”

一些同学就代表大家附和着笑起来。

刘小彤心里疑惑,我啥时候表示悔过了啊?

何士英看气氛不错,忽然笑了,笑得还挺夸张:"你们看看你们说说, 我是不是个让人特别不容易产生尊敬的老师啊?"

徐庆吆喝了一嗓子:"何老师——你挺好的, 我们尊敬你啊!"

林思源也说:"何老师你能这么说话,11 班全体同学都支持你!"

何士英忽然又哭了, 抹着眼泪说:"谢谢大家对我的支持,我真的挺感动的,thanks a lot!当然,作为老师也有出错的时候,我今天算是来给大家道歉的,真心实意,希望能获得大家的原谅!"

几个女生就心软了,纷纷说:"何老师你别哭了啊,我们小不懂事,你也多原谅我们吧。"

刘小彤也觉得这个女老师做的可以了,想说句话,可是何士英就是不看他一眼,只好忍住。

何士英最后说:"希望以后我们都能好好相处下去,我还是你们的英语老师,你们还是我的学生,最后一个学年大家都加油啊!我呢粗心大意的时候,也欢迎同学当面提出指正,我想通了,不能让大多数的同学接收错误的知识呀,所以今后不管是谁(终于瞥了刘小彤一眼)向我提出了质疑,我都会虚心接受,然后一起找出正确的答案,共同进步!好了,就说这么多,不占用大家的宝贵时间了,I'm sorry!”

于是,何士英何老师在全班的掌声中昂首离去。

满晨就问刘小彤:“老刘,你是不是给她道歉了已经?”

刘小彤摇脑袋:“我可没有啊,我刚才倒是真想给她道歉呢,可惜她不理我。”

满晨感叹:“这也太神奇了吧……”

中午的时候,霍然找到莫晓晓,说有事想谈谈,于是两个人就来到学校的操场边散步。

霍然开门见山地说:“我知道你一定是出事了,对吧?”

莫晓晓瞅了对方一眼,没说话。

霍然又说:“女生的事瞒不住我的,我能看出来,我理解你不想说,这种事谁又愿意说呢?”

莫晓晓就问:“那你找我出来想说啥呢?”

霍然停下脚步,面向对方说:“咱们班的情况你也知道,男生的问题满晨管,女生的问题我来管,其实也不叫管,该叫联络帮忙,我们自己能解决的事情就尽量不让老大再操心了,他太累太不容易,我们要是不心疼他就没人心疼他了,你说是吧?所以今后无论遇到什么事,希望你能先找我来说,只要你信得过我,可以拿我当姐妹就行。还有,不管道理如何,我们走过的路是不同的,即便年龄一样,我现在只想说出自己的一句真心话,在我心里你一直是个纯真漂亮的好女孩,到今天也没改变,只是你过早地追求不该去追求的东西,而据说幸福是不可以提前索取的。”

莫晓晓仰起头看着天空,天上云来云往。

霍然又说:“我真的没有讽刺你的意思, 更算不上是指点,因为我在感情方面一点儿经验都没有,你是知道的,或许我今天不该说这些让你难堪的话,对不起晓晓,我都不知道该怎么表达我的内心……”

莫晓晓忽然说:“你别说了好吗? 我可以抱抱你好吗?”

霍然:“晓晓……”

莫晓晓:“霍然!”

两个少女的泪水和心跳便交织在了一起。

此后, 霍然在大学的第二个学期才开始了自己的一段青涩恋情, 她始终没忘掉莫晓晓这天和她最后说过的话:霍然,你不要以为我提早经历了一些事,就能在感情上有多少经验可以借鉴给你听，在爱情面前，人都是傻子，理性的人肯定不会为了爱而爱，但有一点是我的总结——善于在初次认识的时候洞察对方的缺点，和善于在长期相处的过程中发现对方的优点，都是恋爱的好习惯。

其实，何士英方才是参加了一次小型会议，才幡然醒悟要来11班做演说的。

孙校长想在开学前开个简单会，和毕业班的老师们随便聊聊，就临时组织了一下，会场设在五楼的教师办公室。参加此次会议的有几个班主任，还有恰巧在学校开私班的几名老师。孙校长原打算是开个鞭策鼓励会，没想到却碰上一件意想不到的糟糕事，于是这个会也就成了思想批斗会，让很多老师都闹不清发生了什么，却也都暗自心惊。

孙波一开场就说："从关爱学生的角度出发，我认为一些事还是需要理性面对的，只要是对学生好对学生有利，我都尽量去接受现实，但是有些人的糟糕做法让我非常痛心和愤怒，我很怀疑他是不是出现了精神问题，或者就是品质不好却混进了教师队伍，对这个还算神圣的职业任意玷污！"

吴则刚垂头丧气地听着，猜测着自己将要面临的最坏局面。

孙波心里明白,此时如果通知警方介入,吴则刚被带走倒没啥，就算被判刑被枪毙都不会替这种败类惋惜的，可那个叫莫晓晓的女生又将要面对怎样的人生之痛呢？小朴也提出了这个问题,非常现实,既然莫晓晓表示不恨吴老师，不希望让所有人知道这个极度影响名誉的事,愿意不受干扰地去参加高考,那么,情与法在此时孰重孰轻呢?当然是要选择保护学生了,保护一颗已然受创的心灵,别再给她带来更多的伤害,还有因置身繁冗的法律程序所带来的持久打击，这会毁掉一个孩子的！青春,总是要有一份伤痕的,不是么？

朴宏远见孙波正努力克制情绪,就说:“我发现,最没远见的就是癌细胞这种东西，寄生在宿主身上混口饭吃也就罢了,还要吞噬人家的健康要了人家的命,结果呢,宿主死了,它们也就跟着死了。我们现在的教育难道不是这样吗？只想从学生身上获取更多的利益，钱、物、虚荣,甚至是性！却从不去考虑他们以后会怎样,把他们推给大学或者丢进社会去再教育,可他们本身还是心智不全的孩子啊!我们的职责呢?良心呢?还有他妈的道德呢？在贪欲面前,统统见鬼了去吧?！”

在场的所有老师都很震惊,到底出了什么事?难道是因为开办私班要被严查了？难道是收受家长的礼金太重了?难道是因为和某个学生的暧昧被捅出去了?一时间,办公室里寂静如死。

孙波缓缓道:“吴老师，你的情况今天就不当众说了,你回去之后认真地写一份检查报告交给我,要确保其真实性,否则后果自负,再有,希望你以后能懂得师道尊严和怎样做人的道理。”

吴则刚点头:“我知道了。”

孙波严肃地说:“在座的老师们也要自律为戒,刚才朴老师的话一定回去之后都好好想想,我们是老师,千万别忘了自己的身份和职责，我们不是商人不是政客更不是人渣,我们是人民教师啊！”

孙校长的话掷地有声,在房间里反复碰撞回响,震撼着大家的耳鼓。几乎所有人都低头认错般地注视着各自的鞋尖,忐忑不已。

散会之后,吴则刚追上孙波,不安地问:“孙校,这事儿不会捅到法院去吧？那会对学校的名誉有影响啊！”

孙波冷笑:“你还知道学校的名誉？”

吴则刚咒骂自己:“我不道德!我无耻!我他妈的猪

狗不如啊！”

孙波大步往前走说："我们是站在学生的立场去考虑的，所以暂时不会去追究你的法律责任，但是，这不等于宽恕了你，你已经不配做一名教师了。"

吴则刚踏实多了，连连说："我知道我不配，以后我会改过的，洗心革面……"

孙波猛地站住，对着空气说："惠林中学不需要你了，好自为之吧！"

吴则刚吃惊道："怎么？你要开除我？孙校啊我都四十多岁了，你居然忍心让我失业？"

孙波反问："怎么？你觉得不公平么？你该庆幸自己没在监狱里度过余生才是啊，据我猜测，你搞过的小女生已经不止莫晓晓一个人了，对吧？你很希望自己的那些卑鄙手段都由警察去慢慢了解吗？"

吴则刚就哑住。

孙波平静地说："记住，这些不懂事的女孩子是何等善良地对你，尊敬你信任你，而你却给了她们永远的噩梦，我相信当你老了的时候，这些噩梦会加倍偿还给你，永无休止！"

吴则刚挣扎道："孙校，你就真的不能给我一个机会吗？"

孙波瞪起眼睛低吼:“你真的想让我抽你吗?”

吴则刚望着孙校长大步走远,心突然垮了,他胡乱地走出校园,感觉身后都是眼睛,如芒在背,可回头却什么都没有。天色阴霾,整个城市蒸腾着热气,呼吸都困难,吴则刚回想到三十年前类似的一个夏天,他的高中班主任在他毕业的时候颇有意味地说,一念之差会铸成大错,永难弥补后悔晚矣,你聪明,但要学会看清自己,看不清自己的人就容易产生一念之差,这个念,就是欲念。此时,他终于明白这句话的深意了,不禁喃喃自语:“我原来是个这样的人啊……”

吴则刚于次日递交了三封信,都很厚实,一封是认罪信,由孙波私人收管,一封是辞职信,由孙波交给了王校长,最后一封是给莫晓晓的忏悔信,写得非常真挚。朴宏远看完了,决定不转交给莫晓晓,她不需要什么忏悔,她需要的是宁静。朴宏远把信撕了,烧了,一边烧一边感慨地说:“逍遥法外啊!”

24

开学后的第一个周六,也是学校统考成绩下发的时候,这次统考是高三年级的第一次重要考试,有点儿考查学生暑假是否荒废的意思。恰逢11班的家长集体探班日,一大早家长们看过了孩子,就自发地组织去看看小朴老师。

朴宏远手里攥着全班的成绩单,不敢打开,几次下定决心,又怕遭遇现实的冷水,这是他当班主任后的第一次正式统考啊,以前暑期的那些考试虽然不断振奋人心,但不能决定一切啊,实弹演习肯定比不过正式交火,或许眼下,家长们就要找上门来打听呢,倒要看看他朴宏远这一个封闭训练的假期都干了些啥?

正在办公室里发呆呢,林栋梁就笑嘻嘻地走了进来,招呼朴老师好。朴宏远赶紧起身,寒暄了没两句,林栋梁就说,家长们都在教室等你呢,听说考试成绩已经下来了,也没必要等到下周一再公布了吧?朴宏远就说,那好,那好,我这就过去。

进了教室,朴宏远晃了晃手里的成绩单说:“刚刚拿到手,还热乎呢。”

家长们审视着他的表情,嚷嚷:“朴老师,全班成绩怎么样啊?”

朴宏远如实说:“我还没来得及看呢,好,我现在就公布。”

家长们一听就更吊胃口了,赶紧安静下来。

朴宏远几乎是颤抖着打开了这张纸，映入眼帘的第一行字就差点儿让他叫出声来，成绩是按照学号排的，徐庆是 1 号，总分数 619！

朴宏远抬头看了一眼家长们焦灼的眼神，就开始宣读。

满晨：语文 115 分、数学 128 分、英语 109 分，文综 265 分，总分 617。

这次满江没来，满晨妈妈高兴地说：比上学期提高了 16 分哎！

霍然：语文 110 分，数学 98 分，英语 139 分，文综 251 分，总分 598。

霍然父亲非常满意，对同桌的林栋梁说：我们这个提高得更多，就是数学还不够理想啊。

詹翠爽：语文 123 分，数学 120 分，英语 124 分，文综 236 分，总分 603。

詹翠爽的妈妈连连点头，手里紧紧抱着一个袋子，里面是件新织的立领毛衣。

关宥荷：语文 135 分，数学 89 分，英语 112 分，文综 230 分，总分 566。

关宥荷父亲激动地说：我女儿居然可以接近本一线了！

李少谦：语文117分，数学109分，英语87分，文综241分，总分554。

谢国萍：语文120分，数学100分，英语99分，文综238分，总分557。

章之林：语文97分，数学132分，英语91分，文综243分，总分563。

王聪：语文111分，数学82分，英语113分，文综240分，总分546。

王聪妈妈每听到一个分数就尖叫一声，后来眼泪就出来了。

朴宏远一边念分数一边琢磨，好你个徐庆啊，竟然藏真货啊！这样计算起来，全班目前能过本二线的已经有10个了啊！

林思源：语文91分，数学45分，英语78分，文综136分，总分350。

林栋梁心里一热，喊道：朴老师，你没说错啊，我儿子果然提高了一百多分！

莫晓晓：语文91分，数学52分，英语88分，文综167分，总分389。

刘小彤：语文130分，数学125分，英语137分，文综261分，总分653。

刘小彤的父亲就问身边的人，我儿子这个分能上重点大学不？在得到肯定的答复之后，他说：“刚才你们还信不过朴老师呢，唉！”

朴宏远微笑起来，继续说道：“成绩公布完了，这下面还有个备注，11班的霍然同学是全年级英语第一名！满晨同学是全年级文综第一名！关宥荷同学是全年级语文第二名！章之林同学是全年级数学第三名！而在总成绩上，刘小彤同学是全年级文科班的第一名！”

一片热烈的掌声！

草草地吃了午饭，朴宏远回到办公室便仰头在椅子上小憩，刚眯了一会儿，肖安和任静新就走了进来，朴宏远睁开眼打过招呼，心想，这二位倒是形影不离出双入对啊。

肖安夸张地笑着说：“哟！朴老师也在哪！我还以为你要出去喝一场呢，哈哈，祝贺你们班取得意外的好成绩哦！”

朴宏远赶紧表达谦逊：“有啥可祝贺的啊，都是学生们努力的结果。”

任静新拉了把椅子，搞得动静挺大。

肖安又说：“朴老师这次的成绩来之不易啊，一个班竟然搞出来三个全年级第一,不得了啊不得了!理当祝贺嘛。”

朴宏远正要接茬,任静新忽然开口道:“三个第一确实不得了,不过这三个学生也是老魏留下来的王牌部队哦,我看小朴更应该感谢一下自己的前任才是。”

朴宏远听着刺耳,眨巴眨巴眼睛,索性拿起一张报纸来看。

任静新瞅了肖安一眼,那意思是说,你瞧啊,我才点了他一下,就受不了啦。于是大度地一笑说:“我这人说话直,有什么说什么,你们11班这次确实强,三个第一姑且算是老魏送你的,但是总成绩显著提高这自然就是小朴你的功劳喽,这是谁都必须承认的。”

肖安跟着打圆场:“就是嘛,有付出就会有收获,朴老师带班那么辛苦劳神,理应有份好收成嘛,我们大家也都看在眼里的。”

朴宏远撂下报纸:“我谢谢二位了!不过我也有什么说什么啊,11班今天取得的这点成绩其实是和从前相比,是纵向的比较,但要横向和1班6班来比,还是有差距的。”

任静新朗声道:“算你明智!小朴果然慢慢成熟了,刚才我俩路上还说你呢,取得这样的战绩不定得美到天上去呢，现在听你这么一讲我放心多了，小朴不骄不躁，稳当啊！不管真的假的吧，反正态度是正确的，难得啊！都让我开始高看你一眼了！”

朴宏远一笑置之。

肖安分析道：“通过这次的考试成绩，11 班确实和 6 班的差距减少了，虽然和我们 1 班比还是差不少，但是也证明了这个班学生的整体实力，不可小觑嘛，静新可要留神哦。”

任静新满不在乎地说：“哎，我可不担心！担心也没用，对不？其实我也分析过这次的成绩，小朴的班总体水平确实提高了不少，听清楚，我说的是总体水平，这可是得来不易的收成啊！就说明了他们 11 班是在集体进步，而不单单是几个学生，这一点特别难得！我甚至想过，要是这么下去，不出一个学期 11 班就能赶超我们 6 班的，那让我的老脸往哪儿放啊！”

肖安劝慰道：“你还老脸啊？你比我年轻，万一朴老师一年后把我们 1 班也超了，我的老脸往哪儿放嘛！不过静新你忘了分析一件事，11 班能取得如此成绩，其实跟他们这一个暑假的封闭式训练有直接的关系啊！咱们班的学生们放假等于是放羊了，人家可一直在磨刀啊！”

朴宏远听他们两个分析来分析去的，话里话外也都虚虚实实，不便搭腔，于是就起身说:“你们二位聊啊,我出去办点儿事。”

任静新却拦住去路:“哎小朴不急不急！我还有话没说完,我还有事想打听你一下呢。”

朴宏远摆出好奇的神色,等下文。肖安走过来给朴宏远递烟点火,随后把办公室的门关上,神情郑重。朴宏远就更好奇了,重新坐下。

任静新说:“老肖,你来说吧。”

肖安摆手:“还是你说你说，我表达能力不如你嘛。”

任静新清清喉咙就问:“小朴，老吴究竟犯了什么事让姓孙的给撵走了?现在大家私下里都在猜测啊,你先给我们俩透个底好不好?”

朴宏远一愣:“这个……不便说。”

任静新着急:“你看看，就知道你会这么吞吞吐吐的,有什么大不了的啊！”

肖安也说:“就是嘛有什么大不了的呢?你先给我们俩透透底,我们又不四处嚷嚷去,如果老吴犯的错误我们身上也有,我们也好及时改正嘛,这也是同事之间互相帮助嘛！”

朴宏远犹豫了，无奈道："我所掌握的情况也有限，不过我相信和你们二位无关，就不要太当回事了。"

任静新："这难道还是小事啊?!人到中年被单位轰走，这是多么大的打击啊！小朴我来问你，是不是因为与你无关就不疼不痒呢？你难道就连一点儿起码的同情心都没有?怎么说老吴也是咱们的同事，这么多年在一起了，远亲还不如近邻呢，眼见着他倒霉至少也该兔死狐悲一下啊！"

肖安："静新你别急嘛，朴老师自然有他的难处，那天孙校给咱们训话的时候，朴老师也很慷慨激昂的嘛，想必应该完全掌握实情，看来只是不肯帮咱们一把嘛！就不要强人所难了。"

朴宏远扭身看向窗外，远处的操场上异常安静，一个人影也没有，整个校园里好像只有他们三个。

肖安淡然道："算了，算了。"

任静新："咱们走吧，人家现在是孙校的红人，怎么会和咱们交心呢！"

朴宏远终于开口："老吴犯了罪。"

"啊！你说什么？"

"他犯罪？他犯了什么罪啊？"

朴宏远："我只能说到这一步了。"

任静新释然道："原来是这样啊！好，好，那我们算是多心了，也就不多问了，毕竟是个人隐私嘛。"

肖安狐疑："老吴是多么老实的一个人啊，怎么会犯罪……"

两个人暂时得到了答案，忧虑解除，于是开始讨论和猜测具体的案情，并做出种种不清晰的判断。朴宏远一时变得恍惚了，心想吴则刚现在干啥呢，是窃喜还是郁闷？恐怕都有吧。

房门忽然被推开，孙波找了过来，见面就说："漂亮！"

三个人吓了一跳，赶紧起身打招呼。

孙波笑眯眯道："小朴好样的！干得漂亮！"

任静新和肖安就开始鼓掌，并再次祝贺。

25

夜晚九点半，女生宿舍楼内灯火辉煌嘈杂一片，霍然正在洗漱间刷牙，忽听走廊里有人惊叫连连，就大声问："又出什么事啦？"

谢国萍慌慌张张跑进来说："不好啦！老大来查房啦！"

霍然也感到很吃惊,差点儿把牙膏咽下去,随后就兴奋地问:“他查到哪儿啦?”

谢国萍把眼睛探出门外,向走廊里张望:“还不清楚,反正刚才他是在关宥荷她们宿舍呢。”

霍然一听,立刻扯住谢国萍跑回房间,并对其他几个女生交代,火速整理干净,保持本舍的良好风貌。大家就发疯似的整理各自的床铺。霍然清点了一下内部成员,发现只有王聪不在,估计是去浴室还没回来,再一看她的铺位,眼前就是一晕,这哪像个女孩的床啊!就赶紧替她收拾。

朴宏远走进来的时候,几个女孩都在各自的床上正襟危坐地看书,他点点头笑呵呵说:“你们就装吧!”

大家都扑哧乐了。

朴宏远问:“你们每天睡觉前最后一件事要干什么?都说说。”

霍然说:“我拿手机上一会儿QQ,看咱们班的群里都聊啥就睡了。”

谢国萍说:“我听歌。”

詹翠爽矜持道:“我闭上眼睛想一想一天都做了啥,然后睡。”

另一个女生说:“我要吃一包泡面才睡,要不半夜饿得慌。”

朴宏远就笑:“这一点和我上学的时候一样!”

大家嘻嘻哈哈正说呢,王聪沐浴返回,小背心小裤衩怀里还抱着一个塑料盆,一眼瞅见班主任坐在自己床上,就大叫起来:“我滴妈呀!”

谢国萍跑过去给她屁股一巴掌:“你一个女汉子,装什么害羞啊!”

王聪憋了一个大红脸说:“再怎么说,老大也是雄性啊。”

朴宏远见这个寝室人员整齐了,就吆喝着挪步去了下一间。

霍然招呼王聪:“快,快给对面的群众发信号!”

王聪就从枕头下翻出手电,朝窗外使劲摇晃。很快,正对面的男生宿舍也闪来光柱。

徐庆还以为是校领导要过来查寝呢,连忙招呼附近的几个宿舍打扫卫生、藏匿违禁物品。于是当朴宏远走进房间的时候,男生们都已经各自酣睡。他看看表,快十点半了,宿舍楼马上也要熄灯,就随手把灯关了,站在门口静了片刻,却忽然涌起一股前所未有的冲动来。

朴宏远轻轻坐到一张空铺位上,后来干脆躺了下来。他听着附近的几个呼吸声，仿佛又回到了学生时代，这感觉相当的好。

李少谦在上铺上忽然小声问："人走了没？"

没人回话，徐庆咂巴咂巴嘴，似乎睡得很香。

李少谦坐起来又问："你们别他妈装蒜了！刚才好像是老大来了吧？"

"是我。"朴宏远在下铺答。

李少谦傻住，倒头继续睡，并发出均匀的鼾声。

过了好一会儿，徐庆终于憋不住了，开始哧哧笑，然后就是哄堂大笑。

已是午夜时分，朴宏远精疲力竭地躺倒在床上，忽然想起了什么，就拿过手机上了 QQ，"朴家班天天向上群"里还有人在聊天。

徐庆问：这深更半夜的，孤枕难眠，不知还有人在线否？

王聪：你姐依然挺立不倒呢！

徐庆：你厉害！

莫晓晓：你们不怕老大也在线吗？小心明天骂你们无耻！

王聪：我估计他肯定不在线，今天快累死他了。

徐庆:我也超级累,可是睡不着啊。

莫晓晓:你怎么了?

徐庆:我挺感动的。

王聪:我也挺感动的,我觉得老大是真拿咱们当兄弟了。

林思源:再不睡觉,我踢人了啊!

莫晓晓:嘿嘿,又出来一个夜猫子。

王聪:林总,你难道不感动吗?

林思源:废话,我这辈子就没为谁这么感动过!

徐庆:兄弟们,我忽然想哭,等咱们毕业的时候一定请老大好好吃一顿!

王聪:我也想哭。

关宥荷:就知道吃!

莫晓晓:我觉得吧,咱们应该在毕业的时候搞个仪式,正式拜老大,以后一辈子都跟他走!

林思源:你可真幼稚,不过我不反对这么干。

关宥荷: 我觉得咱们倒是应该先把各自的成绩再搞上去一把,给老大好好长长脸!

徐庆:就是啊,11 班可是老大的处女班啊,不能丢人!

王聪:什么叫把各自的成绩搞上去啊?应该是把咱

们大家的成绩一块儿搞上去！

莫晓晓：同意！

林思源：绝对支持！

关宥荷：其实我也是这个意思，不过王聪说得更好。

王聪：呵呵，老大为我们，我们为老大！

刘小彤：王聪说的对。

徐庆：晕，刘爷您也冒泡了？

刘小彤：我用的是章之林的手机。

莫晓晓：我说怎么没见章大仙上来说话呢。

刘小彤：他在我旁边呢，也没睡。

关宥荷：刘爷您那些学习秘笈能公布点儿不？

王聪：是啊，就当扶贫吧！

刘小彤：我没秘笈啊，也就有点方法，大家要是不嫌弃，随时可以来问我。

徐庆：我第一个报名！我要找刘爷讨教一下英语。

刘小彤：英语霍然比我强。

莫晓晓：你也太谦虚了吧，每次你分最高不是？

王聪：就是啊！全年级第一啊！

关宥荷：刘爷神人啊！

刘小彤：我语文不如关宥荷，数学不如章之林，英语不如霍然，文综不如满晨，我算啥第一啊！

林思源：小彤你有木有信心把明年的高考状元拿下？

刘小彤：干啥？

林思源：气气那个胃必治呗！他不是在一中的尖子班挺牛嘛！号称手下猛将云集，打遍全市无敌手。

刘小彤：胃必治？

莫晓晓：就是魏老师，你来之前的班主任。

刘小彤：哦，我见过他，人很好。

徐庆：他再好也没咱老大一枚寒毛好！

林思源：你就说有木有这个勇气吧，我今天当众立誓，刘爷若能拿下明年全市的状元，我送你一块 IWC 手表，世界十大名表之一哦！

徐庆：IWC 是啥玩意儿啊？俺只知道 WC。

林思源：不懂别捣乱！这是我爹送我的生日礼物，我不喜欢带，就当悬赏了，听说值六万多呢。

徐庆：君子一言快马一鞭，且看刘爷怎么说？

刘小彤：我只能说试试，尽力吧。

霍然：刘小彤我看不起你！

关宥荷：我靠，都在啊！

徐庆：下面且看妇女主任怎么说——

霍然：你个大男人都没这勇气，我一女孩都有！

林思源：掌声在哪里？

莫晓晓：鼓掌！

王聪：鼓掌！！

徐庆：手脚都在鼓掌！！！

关宥荷：手脚交叉鼓掌！！！！

霍然：我就算拿不了文科状元，我也要当个英语状元！

刘小彤：哦……

徐庆：小的代表大家采访一下妇女主任霍姐，请问你的勇气来自哪里？

林思源：同问。

霍然：以前是为自己考学努力，觉得比上不足比下有余就完了，现在我想为集体努力了，感觉完全不一样！

莫晓晓：掌声在哪里？

徐庆：鼓掌啊！

王聪：手脚交叉鼓掌！

关宥荷：我晕，你抢了我的话，我该怎么说？

看到这里，朴宏远忍不住打出几个字：我也鼓掌，霍然加油！

霍然：……

刘小彤：……

徐庆：……

林思源：散会。

26

光阴总是荏苒，转眼就是冬天，一场厚实的大雪过后，惠林中学迎来了毕业班的最后一个寒假。

大年三十的下午，朴宏远组织了一场年终班会，先是给同学们开的，告诉大家好好回家过个年，放鞭炮的时候不许靠得太近，看春晚的时候不要给他打电话拜年，大家都放松休息，但是初六必须返校。

之后又给家长们开，要求他们好好带孩子们过个年，放鞭炮的时候注意看着他们点儿，大年初一不必打电话和发短信拜年，大家都放松休息举家团聚，初六的时候务必让孩子们返校，因为到最后冲刺的阶段了，都要全力以赴，请所有人继续保持遵守班规的优良传统。

家长们对小朴老师早就奉若神明深信不疑，这次期末的成绩，11 班全面超过 6 班就是最神武的例子。这次班会，莫晓晓的妈妈居然也来了，她几乎不敢相信自己的女儿也能考过本三线，恨不得立刻冲出去抱抱自己的孩子。

朴宏远看大家都很喜悦，也都比较急切，就当即宣布散会放假了。自己回到办公室整理了一下抽屉，想到回家过年的事，就打开柜子搜索了一番，发现以前家长们送的一些东西还在，就胡乱装了一袋子，锁好门离开，可是刚走到楼下，就被林栋梁和霍然的爸爸堵住。

林栋梁说："朴老师，我们大伙儿提前合计了一下，所以这次就都说好了没带礼物。"

朴宏远一笑："你们老是那么客气，我都不敢再开班会了，这样最好！"

霍然父亲接过去说："我们商量好了，大伙儿自愿集资给朴老师，当班费！一共集了两万多，林思源的父亲说大伙儿总数集了多少他就也出多少，所以到现在是一共凑了 5 万整。"

朴宏远一愣，赶紧摆手。

林栋梁掏出一张银行卡说："就是这个，密码是六个 1，朴老师你一定收下，这是大伙儿的心意！"

霍然父亲也说："收下吧朴老师，你为全班的孩子也没少花钱用心思了，这些我们早就听孩子们说过多少回了，我们可不能眼见着不管啊！"

朴宏远不愿意为钱物的事情拉扯推搡，索性就收下了，说道：“那好，我就先收下，谢谢大伙儿了！”

两位家长挺顺利地交了差，就挺高兴地去了。

朴宏远掂量着这张小小的卡片，忽然也高兴起来，步子就放大了。才走出校门，又被人叫住，朴宏远扭头一看，却是谢国萍的爸爸。

谢爸在雪地里跺着脚说：“朴兄，要不要我捎你一程？”说着一指身后的汽车。

朴宏远好奇地问：“谢兄你一直在这儿等我啊？”

谢爸笑笑：“嗯哪！冷得很啊，哈哈！”

朴宏远又问：“你找我有事？”

谢爸却摇头：“这次没事，真没事，就想和你私下聊聊。”

朴宏远想，莫非这个老谢同志又出了啥问题不成？

谢爸看对方迟疑，赶紧解释：“真没事真没事！好久不见了，挺想念的，知道你忙也不敢过来打扰，这不是快过年了嘛，也该放松一下了，就特意找你来随便聊几句。”

朴宏远踏实了一半，左右张望了一下，附近再无熟人，就提议说：“那咱到湖边走走？”

谢爸愉快地点头，把车锁了，和朴老师并肩朝北湖走去。

湖面上覆盖了积雪,苍茫一片,空旷寂寥。已是年根,一个人影也看不到,两个男人安静地抽着烟踱着步子,似乎各怀心事,只听见脚下的雪块被挤压和揉碎的声音。又走了片刻,谢爸终于打破沉默说:“朴兄,我和那个女的分手了,彻底分手了。”

朴宏远哦了一声,等下文。

谢爸继续讲:“不隐瞒地说,分手确实很难,主要是心理原因,也确实伤感了一阵子,唉!不过现在终于解脱啦!”

朴宏远便问:“现在你们一家三口相处得怎么样?”

谢爸舒畅道:“挺好!我发现自从我内心回归家庭之后,夫妻感情竟然比以前更好了,她似乎什么也没多想也没多问,可我心里知道她是个明白人。”

朴宏远点头:“国萍的妈妈是个难得的好女人啊!”

谢爸幸福地笑了一下:“是啊,直到现在,我才终于明白了这一点,也终于懂得珍惜已有的生活了,以前啊,糊涂!”

朴宏远彻底踏实了,轻快地问:“这个年你打算怎么过呢?”

谢爸说:“我们三口约好了,足不出户,全家人一起度过,然后等出了正月,再一起去拍套全家福,说真的,我们俩还没有像样的婚纱照呢,这都是我欠她的。还有朴兄,我现在忽然发现亏欠别人的感觉也很好,特别是亏欠家人。”

朴宏远想,自己和秦敏也没有一套像样的婚纱照呢,是否也算是一种亏欠呢?好像是。是否可以两家人组团去拍呢?马上又一想,还是算了吧,就别跟着人家起哄了。

两个人绕了半个湖区,开始往回走,谢爸语气谦和地说:“非常不好意思啊朴兄,就是想和你聊这么几句,要不然我心里还一直悬着这件事,感觉也像是亏欠了你。”

朴宏远摇摇头:“其实,自从咱俩上次喝酒之后,我偶尔也会想起这事来的,但是又不便打听你那边的情况,只能靠偷偷观察国萍的表现来安慰自己,她要是一切常态,我就会踏实,知道你一定能处理好。”

谢爸目光温暖地说:“由衷感谢。”

朴宏远俯身捧起一把雪,在手中不停地将其拍成团儿,边走边笑呵呵地说:“好好过个年吧,现在的很多中国人并不晓得一件事,年等于家,有家才有年,才能让幸福循环往复。”

谢爸不禁点头道："这话真好！"

朴宏远深深吸了一口清冽的空气，用力掷出雪球，吆喝着："过年喽——"

谢爸忽然像个孩子似的说："咱俩打场雪仗不？打完了再回家过年！"

两人目光对视片刻，忽然分头去做雪球。

天近黄昏，四下里的鞭炮声逐渐变得连贯，朴宏远就加快了脚步往家赶，靠近小区大门的时候，手机响了，竟是莫晓晓的一条很长的短信：

> 老大，我和"老公"分手了，我得承认这个男人对我非常好，或许也是真的很爱我，但我知道自己还不是一个完全懂爱的年龄，所以决定放弃才是对的，我也要感谢霍然对我的帮助，是她让我下定了决心。如果有缘，大学毕业后再去考虑，相信那时的我会和现在不同。因为全身心地投入到学习中，我才第一次体会到生活的充实和集体的温暖，让我不再以感情为中心，我想这是你对我最大的帮助，也是照亮我人生这段路的最强大光束，就要过年了，很感激有你守护的日日夜夜，陪我度过一

个又一个的难关和灰暗日子，老大我爱你！我们都爱你！提前给你拜年了哈，谁让你不叫我们拜年呢？嘿嘿！

朴宏远回复：信已收到，非常开心，不过请问你是谁呀？

莫晓晓迅速来信：去死吧你！

愉快地进了家，秦敏见老公情绪不错，还拎着东西，就笑眯眯迎上来。朴宏远从袋子里取出两套小孩衣服，说这是给丁丁的，又取出两罐进口奶粉，说这也是给丁丁的，都是家长们送的，还有四条烟，咱爸两条我两条。

秦敏就问："那我的哪？"

朴宏远一怔，看袋子里还有个盒子，就赶紧拿出来说："有你的有你的，这个是镇尺，你不是想学画画吗，正好用得上。"

秦敏一噘嘴一跺脚："狗屁啊！净对付我！"

朴修田可能是感受到了地板的震动，凑合过来拿起镇尺一看，惊讶道："这是好东西啊！这是古物啊！"

朴宏远说："是啊，据说是清朝的。"

秦敏就赶紧夺过去，说道："我还正想学画画呢！"

朴宏远恍惚间真的很想把那张银行卡拿出来，交给秦敏,自己当班主任这半年多,秦敏把家务全包了,虽然经常牢骚满嘴,可她也不容易啊！不过,他立刻警告自己,那是班费啊,是有大用处的!

除夕之夜,一家人吃饱喝足围观电视晚会,朴宏远留意到父亲的表情变化,每当屏幕上出现一个花枝招展的老太太,朴修田的眼睛里就是一亮。他就想,父亲鳏居多年了,虽然守着儿孙,可也寂寞啊,一定的!于是朴宏远开玩笑似的说:“要不您也找一个吧,您看这电视里面的大妈们也挺俊俏的不是?真找着合适的,到明年春节的时候咱家更热闹了不是？”

朴修田显然没听见,眼睛直勾勾地搭在电视上。

秦敏就笑着说:“你还真想让咱爸去找一个啊？那我可就解脱喽！不用天天和他嚷嚷着说话了。”

丁丁嚷嚷:“你们别说话了好不好啊？你们安静看节目好不好啊？”

晚会结束,朴宏远给父亲端洗脚水进屋,发现他正赤着脚坐在自己小床上发呆。朴宏远问:“您怎么了?累了吧？”

朴修田却说:“我会考虑你的意见。”

大年初一,风平浪静,手机上果然一条学生和家长的拜年短信都没有,秦敏就讥笑,瞧你这个破班主任当的,居然连一个学生都没搭理你!

大年初二一睁眼,秦敏就拿着朴宏远的手机在他眼前甩,瞧你这破手机把我吵的都没法睡懒觉了,你看吧,一共是58个未接电话和60条短信!

朴宏远叨咕着,除了徐庆家长不会联系他,58个未接电话都是家长的错不了,学生们一共59人怎么是60条短信啊?依次查看,发现其中有一条竟然是胃必治发来的,他就坐起来细看,胃必治说:11班不好带吧?顺祝新春快乐!

想了想,朴宏远就放下手机起床,洗漱的时候又想了想,还是不回他算了。

大年初三,朴宏远坐不住了,这么长时间以来还真没连续休息过这么长时间,不习惯啊!朴宏远就主动请缨下了一天的厨。

大年初四,朴宏远想到了如何利用那5万块钱的方法,心情非常不错,溜达到北湖边上打发时间,看到有人在滑冰,有人滑着滑着来个狗吃屎,朴宏远就哈哈大笑。

大年初五,朴宏远想,明天就又开始上课了,干脆提前去教室看看,擦擦桌子上的灰尘也好。可是才走到教学楼五层的时候，就感觉不大对头，小跑到 11 班窗子外一看，差点儿掉了眼泪。

全班同学都在呢。

霍然解释说："徐庆过年没走，所以林思源就杀来陪他过的年，两人还在教室里喝了几瓶啤酒呢。大年初二刘小彤就来了，给林思源补习了一天数学。初三的时候我来了，下午的时候又来了几个同学，把楼道和教室都打扫了一遍，初四莫晓晓他们也到了，大家按照以前的习惯上了夜自习。今天上午满晨来了，就打电话把全班同学都喊来了。"

朴宏远说："嗯，我迟到了好像。"

全班都笑。

朴宏远又说："今天是初五，好像也是要吃饺子的，我提议中午大家一起包饺子好不好啊？"

全班都说："好啊！"

朴宏远就带上两个男生两个女生出去采购。60 个人吃顿饺子可真不是件容易的事，王聪在当天的日记中写道：

老大组织大家中午包饺子吃，想法很不错，结果很惨烈。林思源和徐庆就找到一套煤气灶和一个电磁炉，一共才3个小锅，刘小彤说一起开火才能煮100多个饺子，平均每人不到2个唉！可是李少谦这个大肚汉一个人就能吃50个！人才啊！！包的时候也挺晕，只有老大和詹翠爽会做馅，谢国萍就会瞎搅和，满晨还碰翻了一个面盆，场面几近失控！能包的人也真的不多，加我才13个，章之林还总捣乱，最后煮爆了的都给他吃！最幸运的人就是我啦，我吃到了老大唯一放了巧克力的那个！虽然很难吃，但是很好吃哎！老大说我有福气，嘿嘿！整整忙乎了三个小时，才吃完这场饺子宴，吃饱了关宥荷才说怎么没买醋？我靠！总的来说，也挺好的，但是我后来仔细想，也挺伤感的，我们11班以后很难再有机会这么包饺子了……泪！还有不到半年的时间啦，珍惜这段相聚的时光吧！11班闪闪发光！11班永垂不朽！

27

接下来的四个月，11班的日子平静而动人。在省市两次的模拟考试中，11班终于击败1班，跃居为惠林中学的尖子班。这件事对所有人的冲击都很大，任静新和肖安就不用说了，碰面都是皮笑肉不笑的模样，朴宏远也懂得低调内敛，努力制造一团和气出来。申主任则最为亢奋，逢人便说是自己当初的眼光好，判断准确，而且能够排除万难力挺小朴，搞得最后连朴宏远都信以为真了。

不单是在惠林校内取得了辉煌，霍然和关宥荷还分别获得了全省英语、全市语文第一名的好成绩，刘小彤与市一中的第一名总分只差 7 分！全班能过 600 分的已经不再是区区四五个人了，而是 11 个！半数人达到本二线水平，长期盘踞倒数第一位置的林思源也能考到 400 分了。

此时的朴宏远已经有了足够的信心可以傲视群雄，不过，在他心里还有一个对手，他甚至能感觉到这个对手已经开始意识到自己的存在了。

5 月 31 日的夜里，朴宏远意外地收到胃必治的短信，短信很简单：小朴，没想到啊，下个月见分晓！

朴宏远很想回一句，却又作罢。

6 月 1 日，朴宏远组织了最后一次班会。整个班会是由激情和泪水填充的。朴宏远这次改成先给家长们开，他把一年来收到的全部礼物和现金都列了明细，去向也做了说明，票据齐全。家长们唏嘘不已。最后那 5

万块钱,朴宏远说出了自己的想法,希望征得家长们的同意。

朴宏远说:"这个钱是大伙儿给我凑的班费,既然是班费就是要用在学生们身上才对,可是这张银行卡已经在我手里存放了好几个月,一分未动,因为我想到了一个最好的用途,咱们11班目前有四位家庭困难的学生,他们都很努力,考上知名大学不算难,但是却都面临着学费的问题,所以我想把这些钱分配给他们,至少可以帮他们顺利度过大学的第一年,之后他们可以参加勤工俭学或者申请助学贷款来完成后面的学业,我想这是我们能给予他们的最有意义的帮助,既然11班是个集体,那我们就是要集体主义!"

家长们热烈鼓掌,全体通过。

朴宏远又交代了一下最后几天的一些注意事项,包括考试期间应该让孩子们吃啥喝啥、穿什么衣服和鞋、如何进行考前心理指导,等等一大堆婆婆妈妈的话,这才让家长们先散会了。之后就是59名同学入场,朴宏远认真地看着每一张熟悉的脸,情不自禁地流下了热泪。

一句话没有,同学们也都抽泣起来。

朴宏远忽然大声说:"11班的班训是什么?"

同学们齐声呼喊:“11 班不出笨蛋！”

朴宏远继续大声问:“11 班的班规是什么？”

霍然:“第一条,我们都是独生子,所以全体同学就是我的兄弟姐妹。”

满晨:“第二条,我们之间不存在竞争,要竞争就给老大出去争,要在班里竞争的也给老大出去！”

林思源:“第三条,我们即将失去一年的自由,但人生中能有这种失去自由的机会并不多, 老大啊我终于体会到了！”说到这里,林思源眼睛就湿了。

莫晓晓:“第四条,男女生不许搞对象,男生和男生更不许,我们未来的对象一定在某个地方等着我,等着优秀的我出现。”

李少谦:“第五条,抽烟的要戒掉,因为考场里不让我抽,我会很痒痒。老大啊,我一辈子都不会抽烟的！”

关宥荷:“第六条,把与学习无关的东西带进教室,就等于是把病毒带给健康。只要被老大发现,不没收,不批评,直接毁了,我还得微笑鼓掌。”

全班一起说:“第七条,59 名同学加老大就是整 60 人,再来一个咱不收,少一个全体都伤心,所以上了 11 班这条贼船,就得死了当逃兵的那个心。能把 11 班拆散的只能是一件事——有人把炸药和打火机带进了教室,但是第五和第六条已经消除了这个隐患,所以11班是拆不散的,是可以传奇不朽的集体!”

同学们边大声背诵边不停地擦泪，有些女生已经哭出了声音。

王聪哭喊说:“老大啊，过几天就高考了,11班就再不能在一起上课了,我好难受啊!”

朴宏远红着眼睛,却微笑着说:“人生细想起来,其实处处是悲伤,可你干吗没事要细想啊,听我的,粗想细活着，甭老是那么多的小感慨，自寻烦恼的结果就是,命运对你嫣然一笑再把你一脚踢飞。”

刘小彤举手说:“老大,我要是考了状元,你可得去我老家啊,我爸说要请你喝酒!还说要带你去看看我家祖坟冒了青烟没有。”

朴宏远点头:“没问题啊!我把何老师也带上怎么样?”

刘小彤边笑边哭:“不要她啊!”

章之林喊:“老大今天是‘六一’儿童节,一定是你的节日!”

朴宏远擦干净眼泪说:“就是嘛，我们为啥要伤感呢?一会儿我们还得去照集体相呢,一个个歪瓜裂枣的多寒碜?都笑一笑嘛!”

徐庆忽然起身说:“老大,我可以叫你爸爸么?”

朴宏远心里一阵钝痛,慢慢张开双臂说:“过来吧,我的孩子!”

看着班主任和徐庆的拥抱，全班所有人都忍不住大声哭了起来。

朴宏远最后说:“我的孩子们，请允许我第一次这么称呼你们,6 月 7 日和 8 日，是我们 11 班全面出击的日子,它的难度不会比模拟考试大,但它的意义注定是非凡的,会写进我们的班史,孩子们,无论你们身处在哪一个考场,我都将会与你们同在!”

班会结束后,全体同学在教学楼下合了影,谁都不肯离去。朴宏远只好严肃起来,说还剩下五天的时间,谁再跟我儿女情长的，毕业联欢会就取消了。这话管用,大家就纷纷和老师道别。朴宏远拉住徐庆的手说,这些天你就住我家去吧。徐庆却说,林思源的父亲已经请他去住了,而且考场离他家也比较近,就不麻烦爸爸了。

送走了徐庆,有两名家长拉着孩子走过来,朴宏远一看,是两个贫困男生。家长就说,朴老师啊,你把班费都用在了我们身上,大恩大德啊!感谢的话就不说了,我们孩子肯定给你争气,来,快给朴老师磕个头吧!

两个男孩登时跪下了，连磕了三个响头。朴宏远没来得及阻止，只得叹息道："好好考学吧，将来出息了，别忘了孝敬父母啊。"

家长就跟着哭了。

人去楼空，夕阳弥散，朴宏远独自坐在操场的看台上，望着远处这座并不出众的教学楼，不禁想，几十年的建筑，其实并非是一堆水泥和砖木的堆砌，它每个角落里每个缝隙里都隐含着不为人知的故事和力量啊。

28

6月7日和8日这两天，朴宏远几乎在不吃不喝之中度过，他回忆了这整整一年的时光，59个面孔在眼前流转，他忽然感觉到前所未有的孤独。我该怎样去面对下一个毕业班呢？

6月9日到22日这十三天里，朴宏远做了一次远行，一个人在并非旅游地的海边住着，每天看海，不开手机。

6月23日，他返回家里。他知道，结果就在今天了。

这一天里，他接到了58个报喜电话，共有12名学生闯过了600分大关！25人突破本二线！21人越过本三线！朴宏远激动之余却想，怎么还没有林思源的消息？他可以到本三线的啊！于是抄起电话打给徐庆。徐庆说，林思源没脸给你报信了，他差两分没到本三！

朴宏远心底里隐隐有些失落，不免想起高考前林栋梁的一个电话，林栋梁说，经过这一年来的观察和慎重考虑，他彻底打消念头不支持开办什么惠林分校了，这种投资毫无意义，目光短浅，甚至弊大于利，他提出想捐资200万给朴宏远，要他创立“栋梁基金”，奖励朴宏远未来班上的贫困优等生，以资能让他们跻身重点大学，200万每三年的利息大约是18万，可以资助3至5名学生，朴宏远每送走一个贫困优等生同样可以得到奖励，要求是让这些学生必须和“栋梁集团”签约，大学毕业后来此工作。

朴宏远想，如果林思源落榜的消息让其父亲知道，这将是一种怎样的遗憾呢？别人的孩子上大学可以给资助，自己的儿子却要去念高职……

正想着，手机来电，正是林思源。

林思源激动地说：“老大，我忘了我是蒙古族了，还能加五分呢！哇哈哈哇哈哈，幸福死我啦！”

朴宏远也笑：“看你小子高兴的，不过我可要告诉你啊，你这个擦边儿的分数想找个好学校很悬的啊，不行就让你爸爸运作运作吧。”

林思源却说：“重要的是过线啊老大，这样咱11班就没拖后腿的是不？你别担心我，我刚才已经调查好了，有所不赖的大学里有个国际合作办学的学院，过线就能进，在国内上三年国外上一年，还是双学历呢，这不一举两得了嘛！哇哈哈哇哈哈，幸福死我啦！”

朴宏远挂了电话，长出一口气，望着在一旁侦听的老父亲说：“功德圆满了啊！”

朴修田问：“都过线了？”

“您竟然听清了？”朴宏远如获至宝地说，“我们11班真神了啊！”

朴修田狐疑：“你们班没人了？”

八月末的一天，是惠林中学高三11班最后相聚的日子。朴宏远一大早就走进教室，将桌椅摆放整齐，还擦了一遍地。收拾整洁了，就提笔在黑板上用密密麻麻的小字写下全班同学的名字和录取院校：

刘小彤：浙江大学传媒与国际文化学院

满晨：复旦大学法学院

詹翠爽:华东师范大学人文社科学院

霍然:大连外国语学院德语系

徐庆:华中科技大学公共管理学院

关宥荷:北京大学中文系

章之林:兰州大学资源环境学院

王聪:厦门大学经济学院

谢国萍:苏州大学社会学院

李少谦:云南大学旅游管理学院

莫晓晓:河北大学工商学院

林思源:海洋大学国际教育学院

…………

每写下一个名字，朴宏远心中就是一阵遥远的被牵扯般的痛,他似乎已经看到了这些孩子们背上行囊、走进车站、迈进车厢,然后被输送到四面八方广袤的国土上去,羽翼丰满,渐行渐远。

他最后一个写下的是自己。朴宏远:惠林中学高一1班。

这个时候有人敲门,朴宏远就放下粉笔随口说,请进。教室的门被轻轻推开,走进一个亭亭玉立的少女,朴宏远愣住,几乎是啊了一声。

詹翠爽穿了一件雪白的连衣裙，一双粉色的高跟凉鞋,甚至脸上还施了淡妆(这是莫晓晓给设计的),詹翠爽有点矜持,脸色也红扑扑的。

朴宏远从来没见过詹翠爽这么“洋气”过,更没想到这个老实巴交默默无闻的丫头竟然也婀娜迷人,他一时竟不知道怎么开始第一句问话了。

詹翠爽还是很大方,轻轻走到老师面前,说道:“老大啊,快分开了,我先来单独和你道个别。”

朴宏远就忙说:“道别？哦,好,好啊。”

詹翠爽看了一眼黑板上的字迹又说:“我们 11 班这拨走了,下个月又会有新生来,不知道谁会做你下一任同桌了,老大啊,我一想到这儿,心里还真有点儿舍不得呢。”

朴宏远想了想说:“应该不会再有同桌了，高一的新生我会慢慢把他们带起来，就不需要天天陪着上课了,这一年哦,我也挺累。”

詹翠爽仔细看着老师两鬓的斑斑白发，忽然就哭了,哽咽着说:“你看你才多大啊,就这么多白头发啦!可是你又一点儿不算老。”

朴宏远不免想起去年的时候，林思源那次跟踪莫晓晓之后请他喝冰咖啡的事。林思源最后对他说,老大啊，我唯一喜欢的女生就是詹翠爽，因为她优秀，她是全班女生成绩最好的，却又是家庭条件最差的，和我整好相反，所以她优秀，所以自己才那么另眼相看喜欢她，可又不敢表白，但是我发现，詹翠爽其实是喜欢老大你的，是发自骨子里的那种喜欢和崇拜……

朴宏远还想起一件小事，去年那次家长会后，自己让秦敏把刘小彤父亲送来的柴鸡蛋煮了茶蛋，分给每个学生一个，只有詹翠爽不要，她当时说，自己不爱吃茶蛋，你家里人给煮的就更不想吃了。朴宏远当时还以为自己听错了。大家都在吃茶蛋的时候，詹翠爽却掏出朴宏远送的巧克力，慢慢品尝。

詹翠爽见朴宏远默然无语，抹了一把泪水，近前一步说："老大，我就要走了，讨个拥抱行不行？你可别拒绝我，这是我最大的勇气。"

29

孙校长也来参加11班的最后告别会，一进屋，就瞧见朴宏远正和学生们开玩笑呢，便微笑着打了招呼。

朴宏远振臂高呼："11班全体同学，全体过线，颗粒归仓！"

孙校长看着黑板上的小字，也非常激动，在惠林中学这么多年，这是史无前例的，甚至敢说在全市全省都是史无前例的，他深吸了一口气，依旧站在门口的讲台下说道："我孙波感谢大家了！感谢 11 班全体同学！感谢你们为惠林争光！感谢你们为惠林爆炸了原子弹！更要感谢你们自己成全了自己的未来，在惠林中学这个母校，留下一生难忘的好回忆！也让惠林中学永远记住了你们 11 班，2011 届 11 班的每一个人！"

很多同学喊叫："我们都要感谢老大！！"

"老大？那是最后要特别感谢的人。"孙波说着，扭身面向朴宏远深深鞠了一躬："谢谢朴老师！"

两人目光一碰，竟然都有些感慨，朴宏远急忙摆手说："孙校长太客气了！今天当着 11 班全体同学，我也想讲出一句心里话，没有你的鼎力支持，我朴宏远走不到现在，我们 11 班也走不到现在，这真的不是客气话！大家给孙校长来点儿掌声吧，他是最好的校长！"

掌声雷动。孙波等大家安静下来，声音有些微颤地说："今天啊，我有幸参加 11 班的毕业会，是我从事教育行业以来最开心的一天，不过，我可不能喧宾夺主啊，今天的主人是朴宏远老师，所以我得提前告退了。"

朴宏远矜持地说："大家欢送孙校长！"

孙波走到门口，忽然回头问："朴老师晚上有空不？我想请你喝酒，不醉不归！"

朴宏远说："那孙校长得请60人的啊！"

孙波假装皱眉："你想宰死我啊！好好好，我同意，今晚咱们来个'非常60+1'，地方我选，大家一个都不能少啊！"

朴宏远说："地方还是我来选吧，我手头有张饭店储值卡上面有些钱，不够你来添，也不能让你太破费了嘛！"

孙波挥手哈哈笑道："那更好，那更好！"

见孙波要走，章之林忽然大声问："孙校长！你能和我们说说王校长吗，就是我舅舅，他听说我们11班的成绩之后怎么说的啊？"

孙波想了想说："王校当然激动啊，他说你们11班能取得今天这样的成绩，非常了不起，这离不开朴老师的辛勤培育，更应该归功于申主任当初的全力推荐啊！你舅舅这话，让我和我的小伙伴们都惊呆了！"

全班大笑。

晚会全员到齐，进行得很热闹，有些家长也赶过来联欢。孙校长被大家逼着表演节目，他琢磨了一分钟之后说，太紧张啊得先去趟厕所，同学们猛笑。过了片刻，李少谦跑回来汇报说，孙校长躲在厕所里练歌呢！又是一阵猛笑。

孙波回来之后，放声唱了一首《北国之春》，朴宏远带头鼓掌，并评价说："孙校长的嗓子还是不错的，但是在歌曲的选择上存在严重的老龄化倾向，所以这首歌不算数！"

同学们就喊："再来一个！"

孙波闸门打开也不推辞，乘着酒兴当场赋诗一首：

忘不了春天操场上的绿茵，
忘不了夏天窗外知了的鸣叫，
忘不了秋天校园里的落叶，
忘不了冬天雪后的第一串脚印。
一千个日日夜夜啊！
一千个晨晨昏昏，
就这样走过，
走过一段难忘的青春。
忘不了走廊中的窃窃私语，
忘不了教室里的朗读与争论，
忘不了一个个伙伴的脸，

笑得有多真。
更忘不了你啊，
我的老师，
我们的老大，
你把韶华交给了我们。
你点燃了火炬，
一个一个地交给我们！
从此再不怕黑暗和遥远，
再不怕荆棘和磨炼，
因为我们就像拆不散的一家人。
我的老师啊，
我们的老大，
你把岁月留给了我们，
你给了我们永远的温暖，
和一颗颗打不死的灵魂！
如果可以重来，
我真的希望能够成为你的学生，
也可以在 11 班里读书，
给我一个可以去实现的理想和信念，
并获益终生。
天下没有不散的筵席啊！

分别就这样摆在了眼前，
难舍再见啊老大！
你要好好地照顾自己，
因为我们全部的好回忆都安放在你这里，
从未走开。
再见了，校园！
再见了，老大！

所有的同学起立鼓掌，很多人感动得想哭。朴宏远呆了片刻说："孙校长啊，如果不发生意外的话，咱俩一直留在惠林中学吧，干一辈子好不好？"

孙波点头："一言为定！"

两个人靠近碰杯，后来干脆拥抱在一起。

徐庆李少谦等人忽然闹腾起来，高喊着："在一起！在一起！"同学们也开始奔走敬酒。孙波海量，开怀畅饮，还不时哈哈大笑。

章之林手里攥着那封信，几乎都攥皱了，反复交替着擦手心里的汗水。他鼓了三次勇气还是没能把它交给收信人，不是话到嘴边就卡住了，就是被别人抢去了开口的机会。直到晚餐结束，他才郁闷地往外走，心想，不如学习老大当初的那种精神吧，到了该表白的时候，再去表白吧……

却在这时,莫晓晓从后面跟了上来,她说,章之林你是不是今天有话想和我说?章之林心跳骤然加快,语无伦次地回答,是的,是,其实也没啥,毕业了嘛有点儿舍不得。莫晓晓就微笑着望着对方,她心里蓦然觉得,其实自己更喜欢这种腼腆的男生,以前却从来没有这种体会。章之林终于说,晓晓,我写了,我写了一封信,早就写好了,高考完了的那天晚上就写好了。莫晓晓闪烁着明亮的大眼睛问,是给我的吗?章之林用力点头说,嗯是,可是我现在又不想给你看了,我觉得不大好。莫晓晓说,你愿意给我看的话,我会认真看的,如果又后悔了,那也来得及。章之林又用力点头说,嗯那就算了吧,其实也没写啥,就是互相鼓励的友谊的话,希望以后还能保持联系的话。莫晓晓就笑了,说那好吧,以后我去了外地上学,换了手机号也会第一个通知你的,再说咱们班的群也不会散的嘛。章之林说,是的啊,林思源已经把群改成叫"永远的 11 班"了,我换了手机号也会第一个通知你的,以后咱们放假回来还得团拜老大呢,还能见面的。莫晓晓开心地说,那好,我还得找谢国萍去聊几句,再见了哦。

望着心上人离去,这个少年的心百转千回,他大步

朝前走，一边走一边对自己说：干吗这样啊，应该高兴才对，从高一军训的时候见到她，就默默地喜欢了她三年，其实也是一种幸福啊！

章之林走过的路上，撒满了零星的纸片。

莫晓晓独自返回学校，大门已锁了，只好在围栏外徘徊。夜阑人静，路上只她一个人，一种从来没有过的空旷感涌上这个女孩的心头，她思量了好久，还是给赵郑发了个短信，告诉他毕业了，即将离开这个城市去上大学。

赵郑迅速打来电话问她在哪里，能否见最后一面？莫晓晓犹豫了片刻，答复说还是不见的好吧，不是为了忘记你，或许不该认识你，但也不后悔，谢谢你的爱，慢慢忘记过去吧。赵郑说，自己已经离了婚，也始终按照当初的约定没有打搅你去参加高考，现在你忽然说要走，心里特别疼，不是想纠缠你，真的，只求最后一面。莫晓晓异常心痛，不过还是拒绝了，她说，假如你能等我大学毕业，等我差不多完全懂事之后，我会回来找你的，到时候再说，随缘吧。赵郑在电话一头哭泣，说那好，我只能说试试看，随缘吧，小东西你一定要好好照顾自己啊！莫晓晓说，你不要换手机号，四年后我还会给你打这个电话，如果我们都还记得对方的话，老赵你也保重吧。

挂了电话，又走了很久，到处似乎都值得留恋，又似乎都叫人伤怀，她不知怎么了，忽然想起谢国萍曾说过的一句话：两个同样漂亮的女人，一个可以做王妃，另一个却只能做小姐，这就是素质。

30

朴宏远喝得有点儿醉了，回到家依旧兴致不减。丁丁正独自坐在客厅看电视，瞥了一眼爸爸继续看。朴宏远想，这一年来光去关注别人家的孩子了，自己的孩子却缺乏该有的关爱，这必然是一种亏欠啊。念及此处，他大步走过去一把抱起女儿，亲着脸蛋问：“咱们俩一起看电视好不好？”

丁丁不耐烦道：“你别捣乱啊！我一会儿就看完啦！”

朴宏远只好放下女儿，尴尬地问：“你看的是什么节目啊？”

丁丁答：“《美人心计》，你不爱看的。”

朴宏远哦哦着，最后问：“你妈妈呢？”

丁丁懒得回答，挥出一根食指。

朴宏远依照指向来到卧室门口，轻轻推开一个门缝，窥见老婆正在地板上练瑜伽，衣装紧束，性感尺度好像还挺大。他蹑手蹑脚凑过去，忽然从背后抱住，就对秦敏说："来，求温暖！"

秦敏却没受惊，收住功法说："当初真不该让你当这个破班主任，一年都不顾家了，可以后你还要当下去，所以我想和你谈谈离婚的事儿。"

朴宏远吓了一跳，酒醒了大半，追问："真的假的啊？"

秦敏正色说："你今年成绩不错，学校肯定派你接着干，累归累，可咱总得见着实惠啊！你说你这一年都得着屁了？你瞧瞧人家何士英，都换新车了，嗖嗖的在小区里横冲直撞，人家不比你轻松啊？"

朴宏远说："你说的很对，我决定从下一届开始也办私班了，你看怎么样？"

秦敏郑重地点头："这还差不多，凭你现在的名声，不定多少家长要奔你这儿来呢，咱也不蒙钱，咱认真教学生。"

"是是是，你说的都对！"朴宏远暗想，难道我真的要开私班啊？

正缓和气氛呢，楼下传来一片呼喊声："老大——

出来！”

朴宏远忿忿道：“这帮家伙居然又凑齐了，还找上门来了啊！”

秦敏却好奇地说：“是你那班学生？不是已经毕业走人了吗？走吧，我也下去看看。”说着起身就走。

推开楼门，看着外面一大片跪倒的学生，秦敏瞬间有些不知所措，当她回头看丈夫的时候，朴宏远正用一种异常平静的神情注视着眼前的一切，好像他早有预料，又受之无愧。

朴宏远没有提高嗓门，还是用惯常的讲课语调说：“你们都是好样的，正是因为有你们的努力，我才第一次发现自己存在的价值，才第一次感觉到生之为人的美好，我们互为对方生命的见证人，也就因此见证了自己的生命，所以，我要说出心里的谢谢！”说着，深深一躬。

同学们一齐呼唤：“老大！你永远是我们的老大！”

朴宏远清清喉咙继续说：“孩子们，咱们师生一场就此别过，以后你们都是大人了，就不能再这么称呼了，大家无论天涯海角生老病死，别忘了惠林我们共同的 11 班啊！”

所有的学生都号啕大哭起来。

朴宏远忽然张开双臂:“丫头们小子们，都给我滚过来！我要抱你们！”

秦敏看到的是令她脊背痉挛的场面,她想擦眼泪,可又不想耽误了一眼，她头一次觉得瘦小的朴宏远这么的高大和伟岸。

朴修田隔着窗子看着，他是第二次看到同样的场景,头一次是自己年轻的时候,送别第一届毕业班。他想,我还是早点儿去睡了的好,就当不知道吧。

次日,朴宏远跑到一家理发店焗了油,还特意换上了一件新的白衬衫。刚来的高一新生已经开始军训了,窗外操场上的口号声朗朗。朴宏远清理了一下办公室的抽屉，将 11 班全体同学的资料封存在一个袋子里,放进柜子深处,注视了好半天才把柜门锁闭。这时候,他收到胃必治的一条短信:真的想不到啊,让我魏毕智由衷佩服！不过刘小彤这个状元可是我送给你的啊！

朴宏远不假思索地回复:没什么,马上又要接新生了,祝工作顺利!还有,你留下的那盆文竹,现在枝繁叶茂了。

后　记

《老大,再见!》的写作过程是二十天,修改也只有一周的时间,相比以前把稿子动辄压在手里一年以上反复研磨来说,这应该是我大胆发稿的第一篇小说。不知道哪个刊物哪个编辑会收留它,这和自信无关,也和文章本身无关,应或许是一种自发的激情,好像很难克制。

每个作者都会对自己的作品珍视,甚至发生类乎亲情的感觉,这不奇怪,即便他忘了父母的生日,也不会忘记笔下主人公的名字。这或许和利益有关。很通俗的一种认知就是,作品是作者的孩子,自己的孩子总是好的,容不得他人小视,更容不得说三道四,就算种种再明显不过的缺陷,也无法阻挡亲情的蔓延,因你们看不到她的闪光点。这或许和心胸有关。我便如此。

以为作者写作的目的之一就是,告诉读者所不知道的东西,告诉读者所知道但并不清晰的东西,告诉读者知道并清晰但缺乏沟通的东西,这该叫共鸣,一种见解和思想是需要有人支援的,如此,这种见解和思想才不会孤单。

这篇小说,写的是中学故事,高考、励志、好老师等等,但目的并不局限于此,她似乎是要宣扬什么,比如集体主义精神,比如师道尊严并非是要去严肃,比如在当前教育体制下拼高分才是王道,再比如合理的早恋也不是坏事,林林总总,似乎也一时说不清楚了。

但必须关注的是,寻找共鸣。把读者预先设定在60后到90后之间, 于是这个年龄范围的人里面就不单是高中的家长和学生了, 还有曾经走过这段岁月的很多人, 或许大家认为这样的好老师和好集体未曾遇见,但是,人的回忆可以修改和润泽,希望在阅读后会有美好的温暖体会。

但让我惊诧和感动的是,这篇小说的读者群竟然如此之广,年龄跨度也达到了40后到00后之间,很多读者用各种方式告诉了我他们的阅读感受,告诉我他们哭了,他们热爱这篇小说,他们热爱小朴老师和11班的全体成员，他们真的很想加入到这个集体里去，哪怕是去听一节课，哪怕是在幻想中。他们告诉我很多学生疯狂地寻找这篇小说，跑遍了所有的报刊亭，甚至为此开启了第一次的网购经历，很多家长读到泪奔，很多教师相互传阅，甚至有些校长下令让全校老师阅读……这些“告诉”让我觉得写作的辛苦没有白费，并心生温暖。

写的时候，会笑会流泪，这种恣意的行为肯定会让文章的某些节段出现毛刺或纰漏，但我放弃了作为一个旁观者的角度去下笔，放弃了冷静的叙述和造作的技巧，而是投身了进去，只相信，一颗情怀的心可以拉拢无数个善良的灵魂。

徐庆给父母的信，从一开始写下“亲爱的爸爸妈妈”时，我已是泪流满面，不能自持，因为我的一个“小朋友”就是原型。他在述说这些“不幸”时的那种平静，让我在某些时候会难过，然后便是劝告自己那是别人的事，努力摆脱这份难过。可是憋得久了，终会爆发，于是文字里就有了湿润。很久没有他的消息了，希望他在大学里能够找到同病相怜的人，以为慰藉。每个灵魂的基础都是孤独的，但是过早地进入到非灵魂的孤独状态，对于一个孩子来说是残酷的。现实总是这样，有些人的成长注定和我们的想象不同。

莫晓晓在结尾时仍然选择了和赵郑通电话，我是想告诉大家，她真的是一个善良博爱的好姑娘，不会对任何一个对她好的人绝情。但她的多情，也是其人生伤痕四起的促成要素。莫晓晓的原型没有考上大学，目前就读一所高职学校，问题出在高考那两天，第一个恋人悔恨式的觉醒和纠缠干扰了她的考前心理。手机真的不是什么好东西。

不要怀疑所有富二代都是一个样，林思源目前是学生会干部，假期的时候在学校值班，勤工俭学，当与他一起留校的同学看到林的父母居然开着奔驰车来看望儿子时，所有人都不敢相信，这么朴素的一个同学竟然大有来头。林思源给老大写过一封信，其中有这样一句话：我已经有了梦想，我先不告诉你内容哈！怕你说俺好高骛远。但我会去努力实现的，像个真正的男人一样去实现，不管它有多遥远。

朴宏远应邀去参观了刘小彤的祖坟，没见到冒起青烟，他告诉农民工老刘：定期祭拜祖先，烧纸才会冒烟。

小朴老师一年多前的那个心愿终于实现了，接手了一个簇新锃亮的新生班。他在开第一堂课之前去理发店焗了油，换了件新买的白衬衫，还是显得很年轻，只是偶尔会叫错学生们的名字。

“永远的 11 班”群每天依旧有人聊天，但是同学们很少看到老大出现。

以上，可以算作是故事的续篇或尾声。朴宏远的原型来自山东莱西一中吕建刚老师，我做了艺术加工处理。

需要交代一下的是，在写作过程中，试图把自己和朴宏远割裂开，不想让我们有某种联系痕迹，误导读者我就是他。我努力做了，比如詹翠爽临别时讨个拥抱，这是我所希望看到的，而朴宏远肯定觉得为难。还有，在高考后等待成绩的阶段，朴宏远去了海边，这显然也是我的意愿，他家庭并不宽裕，秦敏怎么会放他跑出去半个月度假？但是，我的读者，我知道你们会投票同意。他太需要一段寂寞时光了。

我努力去做了，可有些情节又无法拆扯。很多时候，发现自己就是朴宏远，即便提醒也没有用。比如对吴则刚的仇恨，让我在忍气吞声之余还要发动孙校长出来斥责他，发动他的回忆出来斥责他，并非图一时之快。这一情节若交给我推崇的余华老师去写，怕是要变成冷漠异常的叙述，吴依旧在惠林执教！这种可怕的现实，真的无法接受。再比如，朴宏远爱吃鱼，而我爱吸烟，所以学生家长送来的礼物中，特意安排他把我需要的烟草也带回家。诸如此类点点滴滴，我与他在更多的时候是无法分开的。

时隔一年，再次阅读这篇小说的时候，发现自己也已成为了一名读者，作者该是朴宏远才对。于是，本着这个感觉，可以略为轻松地挖掘出一些深埋的味道——在我们每个人心中，都是需要一个老大的！这是一种来自彷徨的信仰，来自回忆里的缺失，来自一起落泪的默契幸福感，我们整个社会亦是如此需要。

最后，用小说中迷人的一个片段来结束此次创作谈：一年多的时间谈不上是岁月变迁，可那个地方却会是我终生难忘的，历久弥坚，每当我遇到一些烦恼和纠结的时候，就会想起我们的那次谈话，还有那些围绕着我们的芬芳，难忘那树丁香花啊……

理想主义并非虚幻。

韩梦泽

2013 年 3 月 19 日　于紫园